François Baillergeau

Je vous entends, vous savez ?

Roman d'amours

et aussi

Conte à rebours

En application de l'art. L.137-2.-I. du code de la propriété intellectuelle, toute reproduction et/ou divulgation de parties de l'oeuvre dépassant le volume prévu par la loi est expressément interdite.

© François Baillergeau, 2025

Couverture : Chloé Baillergeau

Édition : BoD · Books on Demand, 31 avenue Saint-Rémy, 57600 Forbach, bod@bod.fr
Impression : Libri Plureos GmbH, Friedensallee 273, 22763 Hamburg (Allemagne)

Impression à la demande
ISBN : 978-2-3225-7335-6
Dépôt légal : mars 2025

Aux rencontres, aux amitiés, aux amours

qui m'ont apporté un peu de matière

afin que je vous offre ma petite histoire.

A ma femme et mes enfants.

L'histoire est entièrement vraie puisque je l'ai imaginée d'un bout à l'autre.

Boris Vian

La fiction est le mensonge par lequel nous disons la vérité.

Albert Camus

When life gives you lemons, make lemonade.

Proverbe américain

Je vous en prie trouvez ma femme

Mais n'appelez pas mes parents

Je ne supporterai pas leurs larmes

« Un accident » de Sardou. La face B du 45T était

« Requin Chagrin » en duo avec Mireille Darc

Chapitre 1

COMME UN PROLOGUE

Ce n'est pas ma femme.

Mes mains tremblent, je les supplie d'arrêter, ça ne marche pas.

Je devrais appuyer sur quelque chose de dur, pour bloquer, pour

calmer. Mais non ! Je ne trouve rien de dur, mes mains

tremblent toujours. Mes bras ne bougent pas, eux ! J'ai du miel

dans la bouche, non, pas du miel, je n'aime pas le miel, plutôt du

chocolat fondu, mais je n'aime pas le chocolat! Ma bouche ne

sait pas parler, elle est engourdie, empâtée, encollée, je sais pas… mais complètement nase, ça, oui !

Et le reste de moi ? les mots qui me viennent sont : démonté, tout cassé, déchiqueté, démantibulé, arraché, pas top mais pas encore mort !

J'ai mal, ce n'est pas ma femme.

Le moteur, il ne dit plus rien ; la radio, si. Du jazz, j'aime bien ! Pour me calmer. Les mains, ça ne les calme pas !

Maelle ne bouge pas, elle dort sur l'oreiller. Ca pue dans la voiture. C'est bizarre cet oreiller sur le volant.

Je connais cette scène, cet accident, dans un film que j'aime bien, que j'aime beaucoup. C'est quoi le titre ? Pense, pense, pense ! J'ai mal à la tête. Un bidule, un truc ou un machin s'est invité et enfoncé dans le bras gauche. Du slime coule sur mon oeil, celui du même côté que le bras, celui où je ne vois rien. Avec mon autre œil, qui ne voit pas tellement, je devine le même oreiller que Maelle, sauf que moi, je ne dors pas et juste

derrière, c'est un arbre. Il est tout près cet arbre, un peu trop près de moi. Je ne capte pas tout !

Les gars, écoutez-moi, la femme qui dort, ce n'est pas ma femme.

C'est quoi cette odeur qui pue ?

Ca bouge derrière moi. Mes oreilles vont bien, j'entend tout !

— C'est bon, on l'a extrait... Prenez le en charge! Il respire!

Je suis là, je ne suis pas extrait! Tiens, la radio s'est tue!

« Il y'a des jours, ou on voudrait refaire le voyage à l'envers, il y'a des jours… », Nicole Croisille chante dans ma tête.

Ils s'occupent de moi, ils veulent mon nom, mon groupe ? Quel groupe ?

Ce n'est pas ma femme, vous m'entendez ?

Je sais ! C'est le film de Claude Lelouch, celui sur le changement d'heure et la mauvaise humeur. Avec Annie Girardot, si belle ! Et l'actrice, celle qui a une tache dans l'œil. Philippe Léotard qui chante, le front appuyé à la vitre sur

laquelle il pleut :« Ch'te play plus ». Je vois plus clair dans ma tête, un peu.

« Il y'a des jours, envie de qui de quoi, j'ai plus envie de rien, il y'a des jours » Jacques Haurogné répond à Nicole Croisille.

J'ai mal partout, mais pas dans mes jambes, je ne sens rien dans mes jambes.

Pourquoi, alors que j'ai mal partout, je ne sens rien dans mes jambes ?

— La femme est décédée !

Ce n'est pas ma femme ! Elle aurait pu !

Mais elle est morte.

Putain, ça recommence !

Aidez-moi, dites-moi ce que j'oublie ?

Je ne supporte plus l'odeur, d'où elle vient ?

« Il y a des jours et des lunes », c'est ça le titre du film. Dans la scène que je revis, c'est un couple. Elle, c'est une prostituée je crois. Ils sont sortis de la route. Jean Claude Dreyfuss est affolé

et leur demande pardon. Et quand les secours sont là, le gars dans la voiture dit : « Ce n'est pas ma femme », comme moi, mais moi, c'est une femme qui m'est chère, très chère. Ma tête va mieux, mes pensées reviennent, cohérentes, je me resouviens. Mais les mots n'ont pas l'air d'atteindre leur but. Il y a du monde autour, beaucoup de bruit, j'ai tellement mal à la tête !

— Je crois que ce n'est pas sa femme.

C'est ce que je me tue à vous dire. Ca y'est, ils ont compris. Et moi, je vais mourir aussi ? Je pense à Romy et Violette. Romy qui va me détester et ma Violette qui ne comprendra pas pourquoi son papa était avec une autre femme que sa maman ! Je vais mourir, moi aussi ? Je ne revois pas ma vie en accéléré, c'est peut-être que je ne vais pas mourir. Et après ? J'ai peur pour mes jambes. Pour tout, en fait, j'ai peur pour ma vie, j'ai peur pour l'avenir, j'ai peur d'avoir tout perdu contre cet arbre. Je voudrais remonter le cours du temps. Je voudrais pouvoir changer ce qui s'est passé ces deux dernières années.

Mes idées, mes pensées me paraissent plus claires. C'est peut-être bon signe ? Est-ce qu'ils ont trouvé mes papiers ? Il fonctionne, mon téléphone ? Est-ce qu'ils vont appeler Romy ? Comment ils vont lui dire que… Et quoi d'abord ? Que j'ai eu un accident ? Que ce n'était pas moi qui conduisais ? Que je vais mourir ? Que je suis mort ? Que j'étais avec une femme ? Et qu'est-ce que j'oublie de si important ? J'ai l'impression qu'ils ne s'occupent pas de tout ?

Si ! Ils l'ont dit tout à l'heure, ils l'ont extrait ! Ils l'ont pris en charge. Qui ?

— Il perd connaissance ! Vite !

Je suis un gars ben ordinaire

Des fois j'ai pu l'goût de rien faire

Robert Charlebois, il est tout sauf Ordinaire

Chapitre 2

PRISE DE CONCIENCE

Quand les pompiers m'ont demandé à plusieurs reprises si je savais qui j'étais, je ne leur ai pas répondu, ce n'était pas très clair dans mon esprit. Même là, tout de suite, je ne sais pas du tout qui je suis !
Ce que je sais, c'est ce que je ne suis pas.
Je ne suis pas acteur, chanteur, écrivain, poète, auteur de pièces à succès, cinéaste, metteur en scène, scénographe, décorateur, costumier, régisseur, sculpteur, peintre, photographe, dessinateur de BD, réalisateur de clips, thanatopracteur,

taxidermiste, créateur de jeu des sept erreurs, cruciverbiste, verbicruciste…

Je ne suis pas guitariste solo, flutiste, pianiste, organiste, harmoniciste, trompettiste, saxophoniste, batteur, percussionniste, bassiste, contrebassiste, violoncelliste, violoniste, vibraphoniste, ténor, baryton, rapeur, choriste, compositeur…

Je ne suis pas footballeur, jogger, tennisman, snowboarder, alpiniste, coach, volleyeur, ni pointeur ni tireur, pongiste, équilibriste sur paddle, joueur de padel, ni de squash, badiste, poloiste… Je ne suis pas astronome, astrologue, radiologue, cardiologue, proct…non plus, anesthésiste, kiné, dentiste, médecin généraliste ni médecin en général, ni même en amiral, militaire, caporal, sergent, major, sergent-major, capitaine d'une équipe de foot, gendarme ou voleur, journaliste sportif, journaliste politique, journaliste tout court, économiste,

statisticien, politicien, maire, député, sénateur, président de quoi que ce soit…

Je ne suis pas parisienne, je ne suis pas un héros, je ne suis pas bien portant, je ne suis pas mort je dors, Armstrong je ne suis pas noir, je ne suis pas chauve, je ne suis pas ce que l'on pense, j'suis pas un chanteur populaire…

Je ne suis pas toujours les conseils, et je ne suis pas les gens dans la rue, les directives imposées, les avis à l'emporte-pièce, les critiques, les cours de la Bourse, le championnat de ligue 1, les émissions de télé-réalité, les feux de l'amour…

Je ne suis pas intelligent, bête et méchant, désagréable, courageux, lâche, tête brulée, imprudent, suicidaire, charismatique, naïf, médisant, délateur, impatient, tricheur, bon perdant, maladroit, malhabile, malheureux, fainéant, travailleur acharné, hypertendu, trop calme, aquaboniste, charmeur, harceleur, dragueur, orchidoclaste, apathique, antipathique, botanique (quoi ?) et jusque là infidèle…

Je ne suis pas Brad Pitt, Peter Sellers, Marc Lavoine, Cabu, André Essel, Frederic Dard, Albert Camus, Boris Vian, Daniel Keyes, Christiaan Barnard, Cyrano de Bergerac, Che Guevara, Damien Chazelle, Claude Lelouch, Charlie Chaplin, Jim Morrisson, Victor Jara, Berthold Brecht, John Lennon, Chico Mendes, Camille Desmoulins, Jean Moulin, Alphonse Daudet…
Je ne suis pas Olympe de Gouge, Simone Veil ou de Beauvoir, Dorothée, Marilyn Monroe, Lady Di, Lucy, Candy, Melissa Da Costa, Laura Ingalls, Camille Muffat, Maman…
Je suis, alors que je suis en train de mourir, un mari, un père, un fils, un gratteur de cordes, un chanteur de petit comité, un travailleur social, un mec bien…
Mouai !

PREMIERE PARTIE

MAELLE

Je voulais simplement te dire

Que ton visage et ton sourire

Resteront près de moi, sur mon chemin

Jean-Jacques Goldman est le GOAT

Chapitre 3

INSOMNIE MATINALE

Les yeux grands ouverts depuis de pénibles et interminables minutes, je rêve d'une cigarette, moi qui y ai renoncé il y a de nombreuses années déjà. Je pense et mes pensées errent, dansent, dérivent, s'évadent, s'envolent, se perdent, s'éparpillent, se constellisent, s'égaillent, vont dans tous les sens sans chercher à se raccrocher les unes aux autres.

Je ne sais pas vraiment pourquoi je veux cette cigarette. Et en même temps, je m'en fous. Je cherche à faire le point, calmement, sans angoisse, sans penser au futur, aux

conséquences, en me disant que dans quelques heures ce sera le début de mon dernier jour de formation à Paris.

Je me dis aussi que je me suis tout simplement endormi, que je rêve et que dès que je déciderai d'ouvrir les yeux … une nouvelle journée commencera. Et que j'aurai fait un beau rêve, un très beau rêve, un très chaud rêve !

Mais non !

Je suis bien réveillé, ce n'est pas un rêve, pas littéralement en tout cas. Ce qui me remue depuis toutes ces minutes s'est vraiment déroulé et, dans ce grand lit, je me tiens vraiment allongé auprès de cette superbe femme nue, moi qui n'ai jamais été ni un séducteur, ni un Dom Juan, ni un tombeur, ni un dragueur, surtout pas un « homme à femmes ».

C'est la faute à Netflix : la cigarette, c'est la faute à Netflix. Maëlle aussi, peut-être ! Je me suis fait, ces dernières semaines une rétrospective des films de Claude Sautet sur la chaine de streaming. Des Classiques que je n'avais jamais vus, *César et*

Rosalie, Max et les ferrailleurs et celui qui m'a bouleversé, *Les choses de la vie*. Et ça fumait à tout-va dans les films de l'époque. Alors ce matin, chamboulé par les évènements de la nuit, je voudrais allumer une cigarette. Pas la fumer, non, juste l'allumer. C'était déjà ce que je préférais à l'époque de ma maudite et néanmoins légère addiction au tabac, l'allumage de la clope.

Je le sens ce poids dont on parle dans les romans, cette boule à l'intérieur du corps, comme un poing qui compresse l'estomac. Un éclair de lucidité me souffle que j'ai déconné ! Sans blague, je ne me reconnais pas : fumer et tromper ma femme, ce n'est pas mon genre. Moi, je suis un mec bien, je ne suis pas du genre à fauter. Alors, très présumé coupable et très moyennement tranquille, je me dis que mon épouse, ma chère et tendre, ma Romy sait pertinemment que je suis incapable d'être un connard, parce que son mari à elle (ben moi, en fait), il est droit, il est intègre, il est fidèle…

Un enfoiré, oui !

Je ressens pourtant, également mais inexplicablement et coupablement, un sentiment de plénitude, comme le point final au bout d'une phrase interminable, le mot fin pour clore une histoire, les applaudissements du public quand le spectacle est terminé, la Standing ovation au vu de mes performances.

Avec Maelle, nous finissons, nous concluons, enfin, notre histoire d'amour !

Je dis-vague tout ça, de très bon matin dans ce lit d'hôtel.

Disons, pour être honnête que je tente de m'en persuader, les yeux dans le vague, depuis… depuis... un long moment.

Elle vient de bouger à côté de moi, et sa respiration a changé.

Faisant fi de mes remords, je voudrais en profiter pour lui caresser le dos, embrasser sa nuque, laisser glisser mes mains sur ses seins, ses fesses, entre ses cuisses…Je n'ose pas bouger !

Faire comme si de rien n'était, rester immobile, ne surtout pas la regarder.

Est-ce qu'elle gamberge aussi ?

Qu'est-ce que nous pourrions bien avoir à nous dire ?

Le plus simple aurait été de partir discrètement pendant qu'elle dormait profondément… Mais ce n'était absolument pas envisageable, je ne pouvais pas m'en aller en douce, je suis dans ma chambre d'hôtel quand-même !

Je suis rempli de remords mais je n'ai aucun regret. Si ! Un regret bien sûr ! La réalité m'est revenue en pleine face, en pleine nuit, assénée avec une brutalité extrême. Nous ne nous sommes pas protégés ! Quels cons ! J'ai l'air fin, ce matin, avec mes grands discours sur la nécessité du préservatif…

Maëlle a encore bougé, elle respire encore différemment !

A quoi pense-t'elle ? Moi, je pense à elle.

C'est plein de chlore au fond de la piscine

J'ai bu la tasse, tchin tchin

Comme c'est pour

toi je m'en fous

<u>Adjani dans la baignoire et Gainsbourg aux commandes</u>

Chapitre 4

LE CLUB DE NATATION

L'avantage de faire de la natation, c'est que le corps des uns a peu de secrets pour les yeux des autres, il existe une véritable dédramatisation des silhouettes, on voit des corps sans même chercher à les regarder. Tous les soirs, à l'entrainement, on se croise, on se parle, on s'approche, on se fait la bise,,, relativement dénudés, et c'est logique, normal, sans conséquence… Presque sans conséquences !

Maelle faisait de la natation synchronisée. Moi je nageais lors de la session de natation précédente puis je revenais après les ballets nautiques pour l'entrainement de water-polo. Nous nous voyions… C'est ça, nous nous voyions.

Et puis il y'a eu l'idée de génie de mon père, alors président du club : un stage « natation / ski de fond ».

Comme c'était une première, l'effectif avait été choisi par les entraineurs sur les trois équipes afin que les nageurs ne soient pas trop nombreux. Douze nageuses et nageurs et quatre ballerines, afin que nous apprenions à nous connaître.

Ils n'avaient pas capté notre capacité d'apprentissage.

Pour ça, nous avons appris à nous connaître vu que nous passions tout notre temps ensemble. Presque tout notre temps…

Dès le premier jour de ski de fond, Maelle est tombée. Moi gentil et sympa comme tout, je l'ai attendu et… nous nous sommes perdus.

Bizarrement, nous nous sommes perdus aussi le jour suivant.

Ces mésaventures ont vite fait place aux sous-entendus, aux on-dit : tu lui plais ; tu devrais sortir avec elle ; elle est morgane de toi, ça se voit ; elle est canon ta rouquine ! Toute l'élégance de l'époque dans cette dernière phrase !

A force d'entendre les potes, les copines, ma sœur me tanner avec cette histoire impossible à laisser passer, j'ai fini par y croire. D'autant plus que Maelle, qu'est-ce qu'elle était belle ! C'est pour ça qu'un soir, prenant mon courage à deux mains, tâchant d'oublier tous les échecs, tous les râteaux, tous les plans foireux, que j'avais pu vivre, j'ai osé poser mes lèvres sur sa bouche. Direct ! Comme si j'étais sûr de moi !

— Je te préviens que j'ai mon chewing-gum !

Je l'ai regardée, interdit, ignorant comment réagir. Elle a simplement jeté ce quelle mâchait pour entreprendre avec moi ce qui, à notre âge constituait le summum de l'acte sexuel, à

savoir : le palot, la pelle, le patin, le French Kiss ; en gros un mélange labial, lingual et salivaire.

J'avais embrassé, pour la première fois, celle qui devenait alors et... pour toujours, la première femme de ma vie.

Nous nous sommes, au fil des années beaucoup aimés, déchirés, séparés, retrouvés, allègrement trompés, retrouvés encore....
Puis plus rien. Comme se termine un amour de jeunesse.

Mais il est une chose que nous n'avons jamais fait ! Nous ne sommes jamais allés au-delà de caresses plus ou moins poussées. C'était comme ça. Ce fut comme ça.

Il est resté de cette belle histoire légèrement compliquée une sorte d'amitié tendre. Nous avions décidé, après la non-fin de notre histoire, que, quand nous nous retrouvions ensemble, à la piscine de ne pas se faire les sempiternels claquements de joue avec bisou dans le vide (chez nous c'était quatre !) mais une unique et vraie bise juste à côté de la bouche, au coin, pour toujours s'effleurer les lèvres.. Qu'est-ce qu'on a pu nous

regarder bizarrement à l'époque ! Tous les potes ont cru à une énième remise en couple, parce que, « quoiqu'il arrive, Maelle et Thibaut, ils finiront ensemble ! » On se voyait toujours. Elle venait nous encourager au water-polo, j'assistais à ses galas de natation synchronisée, et surtout, on travaillait pour la même agence de mannequinat : elle avait un corps de rêve, j'avais de beaux yeux et surtout, j'étais pas mal foutu !

. Nous nous parlions beaucoup, nous étions fiers des accomplissements de l'autre, nous gagnions bien notre vie. Et finalement, tranquillement, sans heurt, sans cris, sans haine surtout, Maelle et Thibaut sont devenus des amis.

Le rideau s'est tiré tout seul sur cette drôle d'histoire d'amour de jeunesse.

De toute façon, c'était une histoire impossible, c'est ce que nous avons toujours, toujours entendu de la part des copains et de nos parents respectifs.

Pour son père à elle, le prétendant idéal, c'était Philippe Jeanmarion, le fils du Conseiller Général de la Seine-Saint-Denis, par ailleurs notaire et blindé de thunes, sachant que Michel, le père de Maëlle était, à l'époque, Monsieur le Président Directeur Général d'une société qui fabriquait des composants électriques et qui avait eu la bonne fortune de pouvoir fournir les éléments essentiels à la bonne marche des Minitels.

C'était écrit, notre amour était voué à l'échec : trop de différences sociales. Elle était née dans l'argent et aimait ça. Je n'étais pas né dans la misère, ni dans l'opulence et je m'en fichais.

Et vous savez quoi ?

Philippe Jeanmarion, il faisait aussi partie du même club de natation ! Même qu'on était potes !

C'est qui Philippe Jeanmarion ?

Et pendant qu'elle dormira

Moi, je lui construirai des rêves

Pour que plus jamais au réveil

Elle ne se lève les yeux en pleurs

<u>La masterpiece de Richard Cocciante</u>

Chapitre 5

DES PENSEES SANS CONTER

Lequel se retournera le premier, laquelle parlera la première ? Sa façon de respirer a encore évolué, est ce qu'elle pleure ? Je ne suis plus en accord avec moi-même, je me déteste. Je ne me comprends pas : j'avais cru évoluer, j'étais persuadé d'être si différent, meilleur, plus ouvert. Cette formation que je suis, cette semaine, semble avoir débloqué des portes ou des fenêtres sur un moi bien meilleur et la première chose qui en ressort, c'est

que je trompe ma femme. Et, cerise écrasée sur la tarte Tatin, je ne le fais pas avec la première venue, loin de là, mais avec Celle, avec un C majuscule s'il vous plait, qui fut la plus importante petite amie de mon adolescence. La seule ?

Mais pourquoi ?

Je ne m'aime pas, ce matin. Pas forcément à cause cet adultère, cette folie d'hier et de cette nuit. Mais à cause de ce qui en a découlé : une nuit de sexe inoubliable dont je me demande si je dois m'en extasier ou en maudire les conséquences…

Pour elle, j'ai peur !

Moi ! Ca ira ! Je n'aurai pas d'histoires à inventer, aucun besoin de me justifier : je suis en déplacement à Paris pour cinq jours aux frais du boulot, je suis toute la journée en formation pour apprendre à animer des « ateliers du rire en institution » et je passe, seul, évidemment, les nuit dans ma chambre d'hôtel.

Pas cette nuit ? Oui, merci de me le rappeler !

Mais elle, elle va devoir forcément s'expliquer. Au moins trouver, inventer, improviser une explication à son mari.

Elle n'en a pas parlé, et je ne suis pas certain que je souhaite qu'elle en parle. Pourquoi faire ?

Avant de passer la porte automatique de l'hôtel, hier soir, elle a passé un coup de fil, je n'en connais pas la teneur. Et ce matin, les yeux fixés sur ce plafond insignifiant et terne, je ne peux m'empêcher de m'interroger : est-ce qu'elle culpabilise ? Est-ce qu'elle regrette ? Est-ce qu'elle a peur ? Est-ce qu'elle en parlera à son mari ?

Et moi, avouerai-je ma faute à Romy?

Est-ce Maelle a aimé cette nuit en fait ?

Moi, je me suis rarement senti aussi fort, aussi endurant, aussi imaginatif que cette nuit. Je ne cherche pas à découvrir les éventuelles raisons qui m'ont amené à cette magnifique nuit, je me plais à penser que c'est Maelle qui en est la responsable, l'inspiratrice, l'égérie, la muse.

Ou juste la vie, le destin… La fatalité !

Il ne faut surtout ne pas se méprendre, je ne suis pas malheureux dans mon couple, bien au contraire. Notre mariage est une réussite aux yeux de tous. De plus, Romy et moi, nous avons une fille adorable, souriante et très douée dans tout ce qu'elle entreprend, même si sa mère regrette qu'elle ne force pas plus son talent. Mais que voulez-vous, cette enfant, c'est tout son père. C'est clair que, Romy et moi, à un Salon du Mariage, nous pourrions servir de « couple témoin », même si, ces dernières années, nos nuits peuvent parfois manquer un peu d'activité. Douze ans de mariage, on s'aime toujours autant mais on ne baise plus autant, c'est la vie.

Attention, ce n'est pas pour ça que j'ai trompé Romy, cette femme sublime qui m'a sorti de ma fuite en avant.

La cause, elle est tellement bête, tellement simple. C'est juste que j'ai croisé la route de Maelle hier soir, que nous nous sommes reconnus, que nous avons aimé ce hasard, que nous

avons aimé ce moment, que nous avons aimé nous parler, que nous avons aimé nos souvenir, que nous sommes entrés dans ce café, que nous avons un peu bu, que nous sommes allés diner, et du coup qu'on a peu mangé, un peu bu, puis un plus bu, qu'on s'est parlé, qu'on a encore bu, qu'on s'est promené, qu'on n'avait pas du tout envie de se quitter, qu'on a marché jusqu'à mon hôtel, qu'on est montés dans ma chambre.

Et qu'on s'est embrassés fougueusement avant de s'aimer passionnément une bonne partie de la nuit.

Je ne la fumerai pas cette cigarette. Evidemment que je ne la fumerai pas ! D'abord, c'est une chambre « non-fumeur », puis je n'ai même pas de cigarettes et, quand même,ce serait très con de cumuler toutes les erreurs la même nuit.

Finalement, je cherche, l'air de rien, sa main sous la couette, je la caresse, cette main que je connais par cœur. Maelle, elle accroche ses doigts à mes doigts, elle les serre, elle semble vouloir les phagocyter.

Je n'ose toujours pas me retourner, la regarder. Je tente de réfléchir aux premiers mots « d'après ». Des mots que je souhaite intelligents, brillants, magnifiques, inoubliables, loin des banalités d'usage.

— Dois-je te demander pardon ?

Raté !

Mais, dans un souffle, elle murmure :

— Surtout pas !

Il était beau comme un enfant

Fort comme un homme

C'était l'été évidemment

Et j'ai compté en le voyant

Mes nuits d'automne

Sevran l'a écrit et Dalida l'a chanté

Chapitre 6

LE SYNDROME PETER RICHARDS

C'était arrivé sans que je m'y attende, sans préméditation. Dans la rubrique « faits-divers », on qualifierait les faits de crime de rodeur.

Ma mère avait bien fait des allusions sur sa collègue Josie qui parlait de moi, mais c'était pour rire, elle déconnait…

A l'époque, tout le monde connaissait encore Dallas, le feuilleton-télé, et cette collègue de maman racontait à qui voulait

l'entendre qu'elle se voyait en Sue Ellen draguant un petit jeune, en l'occurrence le personnage joué par Christopher Atkins dont le nom m'échappe.

Et puis, regardant ma mère, elle avait un jour lancé:

— Ton fils lui ressemble, non ?

Et les deux femmes avaient ri ! De bon cœur pour l'une, plutôt jaune pour l'autre.

Fin de l'anecdote.

Mais…

Tous les ans, à l'époque de Noël, l'entreprise qui les employaient toutes le deux, à l'instar de beaucoup d'autres, organisait le « Sapin de Noël du personnel » : moment magique pendant lequel le Père Noël, himself, distribuait des cadeaux aux enfants des employés pendant que les parents en profitaient pour picoler.

C'était moi, cette année-là, du haut de mes seize ans, qui officiait comme Père Noël.

Je me changeais, dans le bureau qui m'avait été attribué, après m'être acquitté de ma tâche afin de retrouver une apparence plus ou moins humaine, encore enjoué du regard émerveillé que j'avais perçu chez certains des enfants pendant la distribution et leurs mercis enthousiastes.

Une voix féminine et agréable, une voix que je connaissais pour être celle d'une amie de ma mère, celle de Josie.

— Je peux t'aider ?

Je me souviens avoir répondu, sans réfléchir que oui, sans même me demander ce qu'elle faisait dans cette salle qui me servait de vestiaire.

Josie avait les yeux qui étincelaient, premiers effets, assez jolis ceux-là, d'un abus de sangria.

Et moi, je lui ai, faut-il être con, tendu ma tenue de père Noël.

Elle a ri gentiment !

— Je pensais plutôt à d'autres vêtements !

— Ah ! avais-je répondu avec très peu d'à-propos.

Et Josie, s'approchant en ondulant son encore très beau corps de femme de quarante ans, avait pris les choses en mains.

Elle avait posé les dîtes-mains de chaque côté de mon visage et embrassé mes lèvres, puis une de ses mains était passée derrière mon cou tandis que l'autre descendait le long de mon torse, mon ventre et…

La cata…

A peine m'avait-elle effleuré le sexe que le plaisir m'avait submergé, et j'éjaculai dans mon pantalon.

Immédiatement, mon cœur a décidé de cesser de battre, mes poumons de faire leur travail de pompe. J'ai fermé les yeux, persuadé que ça ferait disparaître Josie.

Elle… m'a demandé de la regarder, elle m'a gratifié d'un sourire éclatant, chez elle, je n'ai senti, ni moquerie, ni déception, ni colère.

En me caressant le visage, elle a glissé sa langue dans ma bouche, puis, très gentiment a commencé à me rassurer.

—Tu sais mon Thibaut, c'est très gratifiant pour moi de voir que je peux encore faire cet effet à un homme! Mais surtout ne t'inquiètes surtout pas. Et puis à ton âge, tout repart très vite. Laisse-moi faire, je vais te redonner confiance en toi.

—Mais j'ai…

—Et alors ? Tu n'as encore jamais fait l'amour ? C'est ta première fois ? Alors laisse-moi faire de cette première fois un très beau souvenir, pour toi.

Et du coup, pour moi aussi.

Elle avait mené la danse, me faisant découvrir des plaisirs, des zones, des caresses dont je n'avais aucune connaissance, ni même aucune idée qu'elles puissent exister. Elle m'avait aimé, guidé, conseillé. Surtout elle avait réparé ce qui aurait pu être une catastrophe pour ma future vie sexuelle. Quinze ans de psychanalyse évités parce qu'elle avait été gentille, bienveillante, humaine.

Oui, c'était bien ma première fois, ce fut notre unique fois. Elle m'a demandé de ne rien dire à ma mère, (comme si l'idée m'avait effleuré). On n'a fait ni plans, ni projets, ni promesses. Nous avions tous les deux, semblé y avoir trouvé notre compte et ressenti ce que nous n'en attendions pas. Peu de mots furent échangés finalement, mais j'avais tant appris en une fois que près de quarante ans après, dans cette chambre d'hôtel, j'y pense comme à une parenthèse enchantée. Et je te remercie silencieusement et tendrement, Josie.

Mes rêveries me ramènent à Maelle. Ça me fait marrer de penser que, finalement, j'avais toujours été réglo, dans la mesure où « on était en pause ».

Maelle sortait avec Philippe !

Je t'aime, je t'aime, oh, oui je t'aime

Moi non plus

Oh mon amour

L'amour physique est sans issue

<u>Gainsbarre est dans la place</u>

Chapitre 7

CINQ !

Elle m'a répondu: « Surtout pas ! »
Une revigorante bouffée d'air frais envahit mes poumons.
J'embrasse son épaule droite, celle qui est à ma portée. Elle a
une odeur de… je ne sais pas !
C'est mort, je ne serais jamais un grand écrivain, un de ceux qui
décèleraient des odeurs de jasmin, de chocolat, de rose trémière,
de lavande, de spritz, de menthe poivrée… sur la peau d'une

femme. Maelle exhale une odeur de sueur et d'elle…et j'aime cette odeur, parce que c'est la sienne.

On dit que l'amour rend aveugle ? Peut-être rend-il aussi anosmique. Mais je ne suis pas dupe, et je me doute bien que mon odeur corporelle du moment doit être assez … particulière, aussi !

En fait, on s'en fout.

Mon dieu, ce regard, ce sourire…

Ce serait ça le Nirvana ? Le Vallalah ? Les Champs Elysees ? Jannah ? Le Paradis ? Ce serait se perdre dans les yeux et le sourire de l'autre ?

Sans un mot, de peur de salir ce moment, je m'approche de son visage. Elle me tend ses lèvres, nos bouches se collent, nos langues se mélangent.

Hier soir déjà, ce fut une évidence, un projet trop longtemps reporté et qui ne pouvait plus l'être. Pas de palabres, « No palabran » comme j'avais tenté un jour en cours d'espagnol.

Nous sommes arrivés dans ma chambre d'hôtel, j'ai fermé la porte, elle s'est jetée dans mes bras, nous nous sommes embrassés, déshabillés, aimés.

Ce fût intense, fort, chaud. Pas de préliminaires. Non, ça, on a donné pendant tant d'années, il fallait qu'on aille à l'essentiel.

Orgasme numéro un.

De bisous en câlins, on a remis ça, doucement cette fois, tendrement avec une complicité si naturellement retrouvée.

Orgasme numéro deux.

Et finalement, je n'en reviens toujours pas, nous nous sommes aimés encore deux fois cette nuit-là. Orgasmes trois plus quatre.

Et finalement, on s'est endormis, épuisés, émus, sans penser.

Surtout sans penser… à rien.

Et puis… de bon matin…

Elle descend sa main de mon visage à mon bas ventre, vérifie dans quelles dispositions je me trouve. Moi, afin de ne pas être

en reste, je lui rends la monnaie de sa pièce, histoire de sentir à quel point elle est prête à m'accueillir

Encouragé, j'envoie mon visage en expédition vers son intimité.

Et comme la vie c'est un manège, nous tournons en rond et attrapons le pompon pour un tour gratuit. Manège, grand-huit, montagnes russes, de mains, de bouches, de corps…

Si avant cette nuit, nous n'avions jamais fait l'amour…. Nous nous sommes bien rattrapés ! Très bien rattrapés.

Peut-être même trop bien rattrapés !

Numéro cinq !

Est-ce que je ne viens pas de passer la nuit la plus intense de ma vie ?

La plus dévastatrice, oui !

Et ça fait mal, crois-moi

Une lame, enfoncée loin dans mon âme

Regarde en toi, même pas l'ombre d'une larme

Et je saigne encore

Pas la plus connue de Kyo, elle est dans l'album « Le chemin »

Chapitre 8

CE QUI SE PASSE EN ALLEMAGNE...EH NON !

Ce club de natation, c'était comme une famille, mais une drôle de famille qui aurait vécu dans une sorte d'inceste permanent, (ben oui nous étions des frères et de sœurs), où dans un soap-opera. Les histoires, les amourettes, les disputes, les ruptures s'entrechoquaient sans cesse. Et tout le monde semblait avoir eu « quelque chose » avec les uns ou les autres. Sauf Gilles Espinesse bien sûr, le pauvre.

Maelle et Philippe, c'était juste n'importe quoi, je n'y aurais jamais cru, je n'aurais jamais pris cette histoire au sérieux.

Leur putain d'aventure avait démarré lors d'un déplacement en Allemagne pour une compétition. Moi, j'étais resté en France, je n'y participais pas pour cause de genou défectueux et, par le fait, indisponible pour tout effort sportif.

J'étais, néanmoins, présent le dimanche soir à l'arrivée du car qui ramenait l'équipe.

J'attendais, tranquille, un joli petit sac dans les mains, un sourire béat aux lèvres, impatient d'offrir à ma chérie ce bracelet pour lequel elle avait eu un coup de foudre.

Le car avait débouché au bout de la rue et mon cœur en avait profité pour rater un ou deux battements.

Sentiment de malaise, inquiétude, incompréhension de ce qui m'arrivait. Il avait fallu que je me secoue pour retrouver mon humeur joyeuse.

Le véhicule s'est arrêté et immédiatement, j'ai compris, j'ai su !

Dans le car, Maelle n'était pas assise à côté de Véro, comme à son habitude en mon absence.

Elle était à côté de Philippe, cet enculé de Philippe !

La foudre m'est alors tombée sur la tête, un boulet de canon m'a traversé l'estomac, une balle s'est fichée dans ma poitrine, mon cerveau s'est mis en pause, peut-être en attente d'un rewind.

Evidemment, les premiers « copains » qui sont descendus ont confirmé ce sentiment de trahison, avec compassion pour certains ou par pure méchanceté pour les enfoirés, j'avais du mal à discerner.

— Maelle est sortie avec Philippe !

J'avais cherché le regard de Maelle et sans être certain qu'elle ait perçu le mépris, la colère, la déception que j'avais voulu y faire passer, j'avais tourné les talons, et j'étais parti, sans même attendre mes parents et ma sœur fraichement débarqués du car.

Je ne voulais plus rien, ni voir, ni écouter personne. Et sur la

route, comme une chanson pourrie qu'on ne peut s'empêcher de chantonner, je répétais : Pourquoi lui, pourquoi Philippe ?

La nuit avait été assez compliquée, mais, remis en état, j'avais décidé d'en prendre mon parti et d'accepter la situation.

Ce n'était pas la première fois qu'elle était avec un autre, mais d'habitude, ça se passait pendant les vacances, et moi aussi, je trébuchais... Et on se retrouvait en septembre, et tout recommençait.

Mais avec un pote...

Mais en un week-end...

Mais devant tous les autres...

Juste parce que je n'avais pas pu venir ?

Ou bien, je ne l'avais pas vu venir !

Et comme la piscine n'était pas bien grande, il avait bien fallu que nous nous croisions.

Et je les voyais là, assis l'un à côté de l'autre, sans qu'ils aient besoin de se cacher puisque Philippe était « l'élu »,celui qui avait été adoubé !

Ils étaient là, ils se tenaient la main, le regard dans le vague si ce n'est dans le vide, et manifestement sans rien avoir à se dire.

Et moi, très égoïstement, je me réjouissais de les trouver si pathétiques, de ne pas les sentir épanouis, et surtout pas très amoureux.

Moi, au moins, je savais la faire rire mais aussi l'émouvoir. Moi je lui écrivais des poèmes.

Ma seule interrogation : Est-ce qu'il l'avait baisée ?

Parce que faire l'amour, lui, je n'y croyais pas et j'espérais que… surtout pas !

Et tout au fond de moi je savais, je sentais, que nous recommencerions notre histoire, que je reprendrais ma place dans le cœur de Maelle, si tant est que j'en soies un jour parti.

Je savais que je saurai patienter et attendre le temps qu'il faudra.

Et elle reviendrait…

Parce qu'il n'était pas moi !

Finalement,

nous nous étions retrouvés !

Nous n'en avons jamais parlé.

— Qu'est-ce que tu fais ?

— Je te regarde !

Romy Schneider et Michel Piccoli, magnifiques dans « Les choses de la vie »

Chapitre 9

DU SAUTET OU DU LELOUCH

Nous sommes bien conscient, à cet instant que tous les deux, nous réfléchissons, que nous nous tourmentons et que nous rêvons d'une suite heureuse à notre conte de fée.

Nous savons aussi qu'il nous reste peu de temps, que chacun va reprendre sa vie, comme il le pourra. Nous sommes bien conscients que nous ne nous reverrons jamais, et que c'est mieux comme ça, mais que nous aurons pour toujours, entre nous, ce moment, ce doux moment, ce si fort moment qui

restera. Ce moment inoubliable dans nos vies pourtant agréables.

Il faut que nous n'en parlions jamais.

Je ne veux pas faire de mal à Romy, ni Maelle à son mari.

Elle se lève, je lui souris, encore et encore et je me rend alors compte que je me sens capable de ne plus jamais m'arrêter de sourire bêtement.

Et parce que je suis dans une autre dimension, plutôt que me sentir mal, je suis ravi de ne pas être dans un film, car elle serait alors sortie du lit en s'entourant de la couette alors qu'exceptionnellement et magnifiquement impudique, elle est allée se faire couler un bain, non sans lancer, ouah, un regard vers moi. Un regard délicieusement provocateur.

Au prix d'un effort surhumain, j'attends quelques instants, puis je la rejoint, la regarde, la trouve encore plus belle que dans ses souvenirs. Elle me répond que je me suis vachement bien maintenu et que ça me va bien !

Merci !

Je luis souris, elle me sourit, on est bien !

Et pour mon plus grand bonheur, elle sort, nue, divine, de son bain.

Elle attrape son téléphone, appelle sa cousine et lui lance un laconique « On a passé la nuit ensemble. D'accord ? »

Elle remercie et raccroche.

Je la regarde, interdit, ça la fait sourire. Non, elle n'a pas l'habitude de tromper son mari, c'est la première fois, ce sera la dernière fois. Elle a, par contre, l'habitude de dormir chez cette cousine qui se remet difficilement de son divorce. Elle ne posera pas de question, elle va passer chez elle avant de rentrer, elle ajoute qu'elle en a besoin. Quant à moi, je vais effectuer mon dernier jour de formation avant de prendre le TGV ce soir, direction Gare-Meuse. Je propose de lui appeler un taxi, elle voudrait qu'on prenne le métro ensemble. Une fois à la station à

laquelle l'un de nous devra descendre, les adieux seront rapides, plus faciles. Pas de tricherie, un aurevoir et c'est tout.

Pour le moment, nous sommes encore tous les deux dans cette chambre d'hôtel, on a le droit de se dire adieu, nous nous enlaçons et nous nous embrassons fougueusement, longuement, amoureusement, comme si nous étions de nouveau adolescents. Je ne culpabilise plus, je profite, il flotte comme une odeur de bonheur, un happy-end à la fin d'un film. J'imagine Jean-Jacques Goldman qui chanterait pendant que défile le générique.

« Ça restera comme une lumière

Qui m'tiendra chaud dans mes hivers

Un petit feu de toi qui ne s'éteint pas »

Puis le mot fin s'inscrirait en gros sur l'écran.

You went back to what you knew

So far removed from all that we went through

I tread a troubled track

My odds are stacked

I'll go back to black

<u>Amy</u>

Chapitre 10

RETOUR VERS LE NOIR

J'étais parti sans attendre de les voir descendre du car, sans vouloir entendre d'excuses, ni d'explications, ni rien !

Il m'avait semblé avoir entendu qu'on m'appelait.

Plusieurs voix.

Je n'en ai reconnu aucune, je ne voulais rien, et surtout personne.

Je pleurais mais je n'étais pas triste, j'étais en colère mais pas triste, pas du tout triste.

Malheureux… Oui !

J'ai essayé de courir afin qu'on ne me rattrape pas, mais plus j'avançais, moins j'avançais. Et au premier virage, je me suis couché au sol, le corps secoué de spasmes violents.

Puis plus rien, plus de larmes, plus de colère, juste du vide.

J'ai repris la route, peinant pour sortir, à chaque pas, mes pieds des sables mouvants qui m'entouraient.

Je ne voulais voir personne et pourtant j'avais pris le chemin de la maison.

J'étais rentré chez moi, j'en étais reparti avec mon sac à dos lesté de mes papiers et du peu de pognon que j'avais à l'époque, d'une bouteille de Jack Daniels et d'une autre de Gin. Surtout, j'avais pris le temps d'écrire un message à la famille.

Les quais du canal de l'Ourcq m'avaient appelés.

Ne vous fiez pas aux apparences, je n'avais pas du tout l'intention de mettre fin à mes jours.

Ou ça n'a pas duré bien longtemps !

Je voulais juste me ressourcer, me re-canaliser.

Alors oui, je m'étais déshabillé et j'avais, sans réfléchir, sauté dans l'eau. J'en avais profité pour laisser aller vers le fond le sac qui contenait un magnifique bracelet pour lequel j'avais lâché pas mal de pognon.

J'avais eu du mal à ressortir, je m'étais plus ou moins bien essuyé avec mon T-shirt, que j'avais rejeté dans le canal et j'avais ré-enfilé mon jean et mon sweat à capuche.

Comme je ne voulais pas qu'on me trouve trop vite, j'étais monté dans un bus… Puis le métro m'avait déposé près du Pont Marie, Mon Pont Marie, ma vie, d'où j'avais rejoint les quais de la Seine.

La peine, la déception, le sentiment de trahison, la culpabilité, l'absence d'indices m'étaient retombés dessus. Et comme je ne voulais pas y penser, j'avais entamé la bouteille de Gin.

— Tu sais mon gamin, l'alcool ne t'aidera pas à résoudre tes problèmes !

J'avais tourné le regard vers la voix rocailleuse qui s'adressait à moi. Deux petits yeux verts au milieu d'un visage ridé et marqué me fixaient intensément.

Il avait raison, bien sûr, mais un diabolo-menthe, n'aurait pas été plus efficace.

— Je peux rester près de vous ? avais-je demandé en lui tendant la bouteille.

— Avec plaisir mon gamin, mais si tu veux continuer à boire un peu sans être trop dégouté, il vaudrait mieux que j'utilise mon verre.

Nous avions descendu la bouteille, puis il s'était assoupi. Il avait raison, je continuais malgré la boisson de ressasser cette saloperie de soirée.

Mais, par acquis de conscience, j'avais ouvert la deuxième bouteille pour me finir en laideur….

…

— Thibaut ? Thibaut !

Putain, pourquoi ils font des travaux, si tôt. J'avais ouvert de tous petits yeux, j'étais emmitouflé sous plusieurs couvertures et deux flics penchés sur moi, peut-être souriants sachant qu'ils avaient la main devant le nez, me regardaient.

— Vous êtes Thibaut … ?

Comme d'habitude, on n'allait pas savoir prononcer mon nom de famille. Lse flisc s'en était bien sorti.

Ils m'avaient aidé à me lever, et ma tête en avait profité pour se transformer en manège à sensations alors que j'entendis vaguement des bribes de conversations.

Mes jambes avaient flageolé et je n'avais pu garder une position plus ou moins verticale que par la force des deux policiers qui me retenaient.

— On va déjà rassurer vos parents, et vous emmener à l'hôpital... D'accord ?

— D'où-vous m'avez trouvé ?

— Il parait que c'est un endroit que vous aimez particulièrement. Vous ne vouliez pas vraiment disparaître ? J'ai raison ?

J'avais secoué la tête et l'avais aussitôt regretté, un solo de batterie ayant commencé à retentir dans mon crane.

J'ai ressenti le besoin de revoir mon camarade de soirée, il m'a salué en faisant partir un doigt de son front, je l'ai remercié pour les couvertures.

Et je suis parti avec mes deux nouveaux meilleurs amis.

Les deux traîtres, eux, étaient devenus un souci mineur au regard de mon état physique et du paquet de gloubiboulga que je venais

d'éjecter de mon organisme sur les chaussures réglementaires de mes anges-gardiens d'un jour.

Et ça continue

Encore et encore

C'est que le début

D'accord, d'accord !

<u>Encore et encore j'écouterai Francis Cabrel</u>

Chapitre 11

ALORS JE CONTINUE

Pourquoi ça continue ?

J'y avais mis le générique et le mot fin. J'estimais que c'était une fin à peu près honorable. Deux personnes s'étaient retrouvées par hasard et avaient pris du bon temps, du très bon temps et personne ne sortait lésé, blessé, triste de cette aventure. Non ! Pas aventure, le mot ne me plait pas, je préfère parler de notre histoire. Alors va pour histoire !

Il y'avait eu le générique et le mot fin. C'était chouette, c'était une belle histoire, mais c'était un one-shot. Pas de suite à écrire, pas de problèmes à régler, pas d'explications à donner.

Il y avait eu le générique et le mot fin. Tout le monde avait bien compris comment se terminait l'histoire : le héros rentrait à la maison et la vie continuait son cours. Ce n'était pas une fin ouverte, Maelle et lui ne se reverraient plus, personne ne serait jamais au courant et « la vie est belle ».

Il y avait eu le générique et le mot fin. Pourtant j'ai besoin de continuer, de reprendre mon récit, je pense qu'il me reste des choses à régler avec ma mémoire, avec mes souvenirs. C'est ma vie et mon histoire et je n'en ai pas fini…

Ces cinq jours et la nuit dernière m'ont changé définitivement. Je n'avais pas l'impression d'avoir été une mauvaise version, un brouillon de moi-même toutes ces années, et ce soir, dans ce train, je me sens un Thibaut 2.0.

Est-ce que Maelle a mis le mot fin, elle aussi ? Est-ce qu'elle pense à moi ? Est-ce qu'elle a déjà retrouvé son mari ? Est-ce qu'elle l'a embrassé en souriant, comme si de rien n'était ? Est-ce qu'ils vont faire l'amour ce soir ? Est-ce qu'elle va penser à notre nuit cette nuit ?

Et moi ? J'essaie de ne pas y penser, je voudrais que ce voyage en train ne se termine jamais, je voudrais que la navette ne soit pas encore arrivée, et qu'elle soit très lente pour rejoindre la maison.

Il y avait eu le générique et le mot fin. Tant pis, c'est mon histoire et je fais ce que je veux…

Je crois que j'ai besoin de régler certaines choses, certains comptes, évoquer certaines personnes, en ressusciter qui sont tombées dans l'oubli… Je crois que j'ai besoin de rire, de pleurer, de demander pardon, de dire merci.

Tant pis pour le générique et le mot fin ! Moi, je continue…

Mais maintenant qu'il faut partir

On a cent mille choses à dire

Qui tiennent trop à cœur pour si peu de temps

Joe Dassin, l'homme en blanc

Chapitre 12

LA NON-FIN D'UNE HISTOIRE

Assez jeunes, nous étions finalement devenus un vieux couple et nous savions que nous prenions du plaisir dans le partage de nos passions, de notre « ce qui n'était pas encore une profession mais un super moyen de gagner du pognon même si ça ne plaisait que moyennement à ses parents, les miens étant déjà ravis que j'aie eu mon bac ».

Depuis le départ, ce que nous aimions, c'était les baisers avec la langue, les caresses sur les parties sensibles de nos anatomies,

s'engueuler sans violence sur nos opinions politiques et parler de nos lectures. Le sexe n'était pas...

C'est ça... Le sexe n'était pas !

Nous étions des « no sex-friends » !

C'est pour ça que notre histoire ne s'est jamais terminée... C'est qu'elle n'avait jamais réellement commencée. C'est pour ça que pendant les vacances on allait voir ailleurs. Surtout Maelle. Attention ceci n'est pas une calomnie, mais un constat basé, sur ce que nous nous racontions, et nous nous racontions tout.

C'était ça la force de notre couple.

Puis, sans heurt, sans peine et sans tristesse, pour nous, nous avons réussi à céder la place à une forte amitié mêlée de tendresse. Evidemment, nous avions dû faire face aux questions, à l'incompréhension de ceux qui ne comprenaient pas, ne cautionnaient pas notre façon de nous comporter, de ne pas être en guerre, d'être toujours aussi complices et surtout, sans autre partenaire.

Puis-je dire que ce fut le moment où les parents de Maelle ont commencé à s'intéresser à moi ? Non ! A m'apprécier ? Même pas en rêve ! A me tolérer semble être le bon terme.

C'est marrant parce que, alors que nous avions, l'un et l'autre au cours des années passées « en tant que couple », fait de fréquents écarts, nous étions désormais d'une fidélité exemplaire. Même notre façon de nous saluer interpelait : nous nous prenions dans les bras pour un énorme câlin puis nous déposions un unique baiser au coin des lèvres de l'autre. Après le Bac, j'avais abandonné les études pour entrer, toujours avec Maelle, dans une agence de mannequins. Nous gagnions très bien notre vie : elle avait un corps sublime et, outre mes beaux yeux bleus, j'étais plutôt pas mal foutu. Nous étions très demandés, notre entente se ressentant, paraît-il, lors des shootings.

J'avais rapidement réussi à devenir propriétaire d'un studio dans le onzième arrondissement de Paris, et célibataire, je menais une

vie tranquille entre le mannequinat et les quelques fêtes dans lesquelles je me montrais pour me faire un peu de contacts professionnels mais que je n'aimais pas !

A l'époque nous avions l'habitude de travailler avec un photographe formidable que nous aimions beaucoup, un Italien du nom de Gianluca Parondi. J'adorais que son nom soit le même que celui qu'Alain Delon portait dans *Rocco et ses frères*. Maelle l'aimait encore plus que moi, puisqu'ils ont, un jour, décidé de partir vivre à Rome pour fonder une famille. C'était rapide, c'était un coup de foudre et Gianluca partait avec la femme que j'aimais. Oui, c'est vrai, nous nous aimions à notre façon, de façon particulière, mais, c'était un fait, il me l'enlevait. Nous avons diné, elle et moi, la veille de son départ.

J'avais parlé avec Gianluca qui m'avait déclaré, avec son accent tellement irritant pour le Français que je suis

— Si tu ne la laisse pas partir, elle ne sera jamais à moi !

— Fratello mio, elle n'est pas à moi et ne sera pas à toi. Maelle est libre et si elle t'aime, je ne veux que votre bonheur. Vi amo, mon frère, je vous aime !

Notre dernier diner avait été joyeux, aimant, tendre, émouvant, un peu triste mais rempli d'amour. Elle m'a dit qu'elle était bien avec Gianluca et qu'il la rendait heureuse.

Alors, naturellement, j'ai été heureux.

A aucun moment Maelle et moi n'avions cessé de nous aimer.

Pardon ! Je pense que… A notre manière :

A aucun moment Maelle et moi n'avions cessé de nous aimer.

C'est pas grand-chose, rien qu'une pause

Que le temps, les horloges se reposent

Et caresser, juste un baiser

Céline, avec Jean-Jacques

Chapitre 13

ENCORE UN REGARD

Le métro parisien est étrangement calme pour un jour de semaine.

Je n'ai jamais aimé cette odeur indéfinissable qu'on y sent en permanence.

Ce matin, il pue la mélancolie.

Maelle est collée contre moi, on se ressent, on n'ose pas se toucher vraiment.

On ne se parle presque pas, même nos yeux s'évitent. Si je la regarde… Ne pas y penser. Je ne veux pas savoir où et quand

elle descendra ou si je serai le premier à quitter la rame. J'ai, en secret, écrit mon adresse mail et le numéro de téléphone du boulot sur un morceau de papier tout pourri qui trainait dans une poche. Oui, je sais ! On s'était mis d'accord sur le fait de ne donner aucune suite à notre nuit d'adieu, ni téléphone, ni adresse et on ne chercherait pas à se retrouver sur les réseaux sociaux. Il nous fallait mettre un vrai, définitif et très réussi point final à l'histoire de Maelle et Thibaut.

Je sais que ce fichu papier restera dans ma poche !

On y est ! C'est sa station !

Elle dépose un rapide baiser sur mes lèvres, le temps que les portes de la rame s'ouvrent. Elle sort, les portes se referment sur Maelle. Elle ne se retourne pas et avance vers la sortie. Ses épaules sont secouées par un léger tremblement. Je hurle à l'intérieur que je l'aime, que je l'ai toujours aimée, qu'il faut qu'elle se retourne, qu'elle doit me regarder une dernière fois. Elle a dû m'entendre, elle le fait, elle tourne vers moi son

visage, elle pleure, elle m'envoie le plus beau mais le plus douloureux des sourires, elle me dit quelque chose, je ne sais pas lire sur les lèvres.

C'est bien fini, cette fois.

C'est normal qu'il pleuve dans le métro ?

Je suis une bande de jeunes

A moi tout seul

Je suis une bande de jeunes

J'me fends la gueule

Le Renaud d'avant

Chapitre 14

ZAZOUS DANS LE BUS

Nous étions une belle bande de collégiens, gentils fauves lâchés dans le bus à la sortie des cours. De bons gamins sympathiques pour certains des passagers, des petits cons pour les autres, un mix de filles et de garçons. Pas des voyous, surtout pas ! Juste une petite bande de potes qui parlaient fort entre eux, qui faisaient des blagues, pas toujours très fines, pas toujours très drôles, pas toujours très bienveillantes et souvent très politiquement incorrectes… L'époque le permettait encore.

Nous étions juste jeunes à une période de presque insouciance, nous avions foi en notre avenir, persuadés d'avoir le pouvoir de réaliser nos rêves. Nous étions de bons élèves, plus ou moins travailleurs. En ce qui me concernait, je faisais surtout partie des « moyens/moins » travailleurs, cancre à plein temps, en fait, partant du principe qu'être au même niveau que les potes sans rien faire de plus que le nécessaire me convenait parfaitement. J'étais assez brillant selon certains professeurs, plutôt bruyant pour d'autres.

Il y'avait, bien sûr, le « problème Chouquart » qui me pourrissait un peu la scolarité (histoire à suivre, j'y reviendrai). A l'époque, moi, ce que je voulais, c'était faire du spectacle. Nonobstant ma timidité maladive, je rêvais de comédie et de musique.

Vu que je parle de Chouquart, c'est que nous étions en troisième au moment où je vous raconte tout ça. Je vous dresse le tableau : Maelle et moi étions très amoureux, à notre façon, et notre

façon, c'était quand nous étions ensemble. Nous avions une sorte d'entente, un accord tacite qui disait que : « loin des yeux, loin du coeur ».

Nous avions droit aux breaks de vacances, glissades vers d'autres lèvres, pour Maelle, les seins à l'air sur les plages du sud, les maitres-nageurs bronzés et musclés ; pour moi les filles qui restaient en ville et libres toute la journée, ou celles qui passaient leurs vacances dans le même camping que moi, en Bretagne…

Et nous nous retrouvions en septembre.

Nous étions, pour tous, pour toujours (ou pas) « Le couple de la piscine ».

C'était une période bénie.

Je démarrais mon apprentissage de la guitare, en autodidacte, ma foi envers les professeurs ayant été, un tantinet, écornée par l'Education Nationale et ce cher Chouquart. Je vous ai dit que j'y reviendrai ?

Je m'étais dit que j'écrirais de chansons, que je ferais des concerts, que je serais une star de cinéma ou de théâtre, que je pourrais un jour écrire un roman qui se vendrait à des millions d'exemplaires….

Et surtout, il y'avait le Loose Gang (avec deux o pour que ce ne soit pas trop déprimant) :

Stéphane, le poète, toujours amoureux, jamais en couple, incapable, lorsqu'il chantait, de sortir une seule note juste de sa bouche, mais qui écrivait magnifiquement des paroles de chanson parce que « la poésie c'est pour les vieux ! »

Clara, ma rêvée « petite sœur », qui avait décidé, une fois pour toutes, que Thibaut, « il est vachement mieux que Jérome comme frère ». Elle me suivait partout, presque partout et tout le temps, presque tout le temps.

Ahmed, mon p'tit frérot, le sourire collé en permanence sur le visage, dont la maman, Inaya faisait le meilleur couscous du

monde et qui, quand nous arrivions chez elle, avait toujours, inexplicablement, du thé à la menthe prêt à nous être servi. Raymond, mon binôme dans « la cancritude amusée », qui assumait et s'autoproclamait « fils de pute », eu égard à la profession de sa mère biologique, mère qui ne l'élevait pas, mais qu'il connaissait bien et aimait par-dessus tout. Et moi aussi, je l'aimais.

Carole ! Ah ! Carole. Elle restera à jamais mon premier baiser sur la bouche. Je vous arrête immédiatement, ne cherchez aucun romantisme dans cette anecdote que je vais néanmoins vous narrer de ce pas : nous étions en colonie de vacances à Saint Benoit du Sault. Je ne me souviens pas exactement de quelle manière nous en étions arrivés là, mais quatre de ses copines me maintenaient bras et jambes et Carole en a profité pour m'embrasser sur les lèvres. Fin de l'histoire ! Evidemment, je me suis bien gardé de me plaindre et surtout je chéris ce souvenir d'enfance.

Jeanjean. Je ne suis pas fan des surnoms, mais lui, ne supportait pas qu'on l'appelle par son vrai prénom : Augustin. Rien de particulier à signaler pour lui, mais putain, qu'est-ce qu'il était sympa !

Alban, le patron, le décideur, le plus malin, le gueulard, le rigolo, mon poteau… Je sentais qu'il avait un côté très sombre et qu'il finirait mal, mais c'est une autre histoire…

Sophie, que j'évitais de côtoyer parce que Maelle nous trouvait un peu trop proches. Le fait est que nous étions très proches, nous avions échangé pas mal de baisers…sans conséquences mais très agréables.

Et il y avait Julien… L'ami de toujours (du temps de la jeunesse), le seul qui rencontrera, un jour, Margot.

Surtout, j'étais celui qui habitais le plus loin du lycée, celui qui se retrouvait tous les soirs, seul et un peu couillon quand les autres étaient sortis de l'autobus 147.

Ne vous attachez pas trop à ces nouveaux personnages, je ne suis pas certain qu'on les revoie dans mes prochaines divagations.

Mais à cet instant, dans l'état qui est le mien, je pense à eux avec une immense tendresse.

Mais je ne vous ai pas convoqué pour

Parler en commun de transports…

De transports en commun.

Disait Jean le Poulain dans « De doux dingues »

Chapitre 15

LE PARADOXE COMMUN DES TRANSPORTS

Le train à grande vitesse roule à trop grande vitesse.

Je ne suis pas dans ce train. Physiquement, si ! N'empêche que je n'y suis pas, je regarde le paysage qui défile mais je ne le vois pas. Ou alors, je le vois, mais je ne le regarde pas, c'est ténu comme différence.

Je rentre chez moi. Je pense, et je pense que je le pense vraiment : je vais bien, je suis heureux de retrouver ma famille. C'est vrai. J'essaie, parce que je sais que j'ai deux heures pour le faire, de tirer le rideau sur mon aventure parisienne. Je ne veux pas

l'oublier, ça non, plutôt la garder rien que pour moi. Et pour cela, je dispose d'une heure de train depuis la gare de l'Est jusqu'à la gare Meuse TGV (260 km), puis une heure de car pour rejoindre mon village (44km). Cherchez l'erreur.

Ça me rappelle cette histoire sur le paradoxe du transport et du temps qui passe qu'on racontait quand j'étais jeune : Un garçon reçoit un appel de son père astronaute qui lui dit « Je vais faire trois fois le tour de la terre, dis à ta mère que je rentre dans une heure » puis il reçoit deux minutes plus tard un appel de sa mère qui lui dit « Je vais faire les boutiques et avec la circulation, ça devrait bien me prendre quatre heures ! ».

A la gare, Romy et Violette m'attendront. Avec impatience et joie, c'est ce que j'espère même si j'estime ne pas le mériter. Je pourrais profiter de ces deux heures de transport pour mater un film ou deux épisodes d'une série quelconque. Je ne peux pas, je n'arrive pas à me concentrer sur d'autres choses que la

culpabilité qui m'étreint et l'angoisse de ce qui pourrait advenir après mes conneries de la nuit dernière. Je pense. Encore !

Je pense, je rumine, je m'interroge comme ce matin quand je me suis réveillé près du corps nu de Maelle, comme quand elle est sortie de la rame du métro après avoir déposé un rapide dernier baiser sur mes lèvres.

Le secret de la liberté, c'est la librairie

Bernard Werber dans Les Thanatonautes

Chapitre 16

C'EST LA FAUTE AUX LIBRAIRES

J'adore les librairies, les bibliothèques, les boites à livres, les vide-greniers. J'aime l'excitation que provoque en moi la découverte d'un nouveau livre, d'un nouvel auteur, du moment où j'achèterai un classique à côté duquel j'étais passé. J'adore ce moment, quand je viens de terminer un livre, que ma bibliothèque est pleine d'œuvres qui m'attendent et que je ne pense qu'à mon prochain achat. Je ne me mets aucune barrière, aucun frein. Pour moi, il n'y a pas de petits auteurs, de petits romans et je ne m'en excuse pas.

J'aime lire, c'est tout!

Et je prends autant de plaisir avec Virginie Grimaldi, Olivier Norek, Maud Ankaoua, Amélie Nothomb, Franck Thilliez, Baptiste Beaulieu qu'avec Frédéric Dard ou Alexandre Dumas, Victor Hugo, Enid Blyton, Roald Dahl, George Orwell...

Tout ceci pour vous dire que, pour moi, les livres c'est vital.

Après une journée de formation intense, j'avais passé énormément de temps dans la librairie des Batignolles. J'avais passé un beau moment de partage avec Romuald, un passionné, qui m'avait vanté et donc vendu *Risibles amours* de *Milan Kundera*.

Après, ça s'est passé comme dans un film, je sors de la librair....

Non, ce n'est pas bon. J'ai dit : comme dans un film.

Musique : au choix, *La chanson d'Hélène* ou *Un homme et une femme*, peut-être *Will you* d'*Hazel O'Connor*.

Décor : devant la Librairie des batignolles, 48 rue de moines dans le 17ème arrondissement

Ambiance : fin d'après-midi, il fait bon.

Moi : je m'apprête à rejoindre le parc Martin Luther-King pour commencer à lire le livre que je viens d'acquérir.

Tout le monde visualise? Alors je raconte!

Je sors mon livre du sac en papier estampillé du nom de la librairie susnommée et manque de bousculer une femme rousse qui a le nez plongé dans son téléphone. Je présente mes excuses, elle marmonne qu'il n'y a pas de mal et nous poursuivons notre chemin.

Pas longtemps! Un flash interrompt ma marche, le temps se fige.

Je me retourne, elle me regarde. Maelle !

Elle a un peu vieilli, bien sûr, mais moi aussi. Elle est toujours aussi belle, et moi un peu moins peut-être.

Qu'est-ce qu'on fait quand on se revoit après tant d'années?

Qu'est-ce qu'on se dit quand on se revoit après tant d'années ?

Comme une évidence, on s'est approchés l'un de l'autre (mais non! Pas au ralenti!), j'ai ouvert les bras, elle s'est collée contre moi, et, comme avant, nous nous sommes fait un unique baiser en prenant bien soin de nous toucher le coin des lèvres. Comme si nous venions de nous quitter.

— Tu es revenue?

— Oui, et toi tu venais de partir. Même ta sœur et tes parents n'ont pas su, ou pas voulu me dire où.

— Ils ne savaient rien. Personne. C'est du passé.

Je crois que j'ai ajouté que j'étais heureux de la revoir, puis plus rien. C'est elle qui m'a proposé d'aller boire un verre.

— Oui, un verre, c'est bien!

Elle a souri, m'a pris le bras, m'a demandé si j'avais un endroit préféré et comme je lui expliquai que je vivais loin de Paris, elle m'a pris la main et emmené jusqu'au café dans lequel j'avais pris un jus de pamplemousse et un croissant le matin même.

On a parlé d'avant, beaucoup et un peu de maintenant, pas trop! Je sais qu'elle est mariée mais n'a pas d'enfant, j'ai juste évoqué une femme et une fille qui faisaient ma joie.

Elle a souri et j'ai compris que j'étais piégé.

Un appel téléphonique plus tard, nous étions dans le métro, puis dans un restaurant, et sans voir la soirée passer, puis après un autre appel, dans ma chambre d'hôtel.

Qu'est-ce qu'on a pu se dire ?

Qu'est ce qui nous a poussé l'un vers l'autre jusqu'à ce matin, dans ce lit, dans cette chambre ?

Et pourquoi est-ce que je souris bêtement au souvenir de ce qui s'est passé, très bien passé, il faut le reconnaitre?

Je sens, insidieusement, monter la colère concernant le fait que nous nous soyons croisés, comme ça, hier soir dans Paris ! Je me fustige d'avoir voulu profiter de la douceur de la soirée, d'avoir décidé de me promener dans le parc Martin Luther- King, d'être entré dans cette librairie, d'avoir sympathisé avec Romuald et d'être ressorti au moment où Maelle passait.

Maelle.

Putain mais de quel droit le destin, le hasard, la fatalité ou… donnez-lui le nom que vous voulez, s'est mêlé de nous réunir après tant d'années et de foutre le bordel dans nos vies.

On n'y est pour rien!

Tout ça, c'est la faute aux libraires!

Adieu, monsieur le professeur

On ne vous oubliera jamais

Et tout au fond de notre cœur

Ces mots sont écrits à la craie

Monsieur Hugues Aufray, je vous aime

Chapitre 17

SENSEIS

Je pense à vous, madame Maréchal. Vous qui avez si vite compris que j'allais, assez facilement, apprendre à lire et qui avez adapté votre méthode à mon cas déjà si particulier. Grâce à vous, j'ai su lire et écrire dès la maternelle… sur des feuilles blanches.

Je pense à vous, madame Noël. Vous qui m'avez accueilli en CE1 alors que je débarquais de la maternelle et qui avez su être si bienveillante quand j'ai connu mon premier traumatisme

scolaire. Souvenez-vous, nous devions écrire notre nom sur la première ligne… J'avais écrit sur le premier interligne.

Je pense à vous, monsieur Reignant. Vous que je croyais toujours voir apparaître d'un chapitre de La guerre des boutons avec votre vieille blouse et votre béret.

Je pense à vous, monsieur Laffitte. Vous qui, dès mon arrivée au collège, tout en me faisant bien comprendre qu'étudier était essentiel, avez offert à vos élèves une vingtaine de pages au début du cahier de français afin qu'on puisse y écrire, coller, dessiner, créer… Nous étions dans les années 70.

Je pense à vous, monsieur Merembeau. Vous qui m'avez donné le goût de l'histoire, pardon, de l'Histoire. Par contre, je voudrais que vous acceptiez mes excuses, nos excuses pour le « coup de la voiture entre les arbres ».

Je pense à vous, madame Pirette. Vous qui veniez au collège en Porsche rouge.

Je pense à vous, madame Montauvert. Vous qui fûtes ma professeure d'histoire durant mes trois années de lycée. Vous avez été, après mon père, la première personne que j'ai prévenue lorsque j'ai eu mon bac. C'est aussi avec vous que j'ai appris qu'on pouvait exercer son métier sérieusement sans pour autant se prendre au sérieux.

Je pense à toi, Patrick Bouchier. Toi, le prof de maths iconoclaste qui n'aurait pas aimé que je le vouvoie. Toi qu'on a vu, un jour de mardi-gras, débarquer au lycée déguisé en « prof », avec une corbeille à papier sur la tête ; corbeille sur laquelle tu avais écrit le mot « culture », la première syllabe de ce mot étant accompagnée d'une flèche désignant le tien. Toi aussi qui m'a fait découvrir les joies du spectacle vivant, et Lautréamont, ce jour ou tu nous a distribué cette photocopie d'un extrait des *Chants de Maldoror* : « Ô mathématiques sévères, je ne vous ai pas oubliées… ». Moi non plus !

Je pense aussi à toi Philippe. Toi, mon professeur de musique préféré, qui, délaissant la sempiternelle flûte à bec, préférait nous faire écouter et découvrir la Musique, de JS Bach à JJ Cale.

Et puis je pense à vous, madame Mercier. Vous qui m'appeliez Franck et qui aviez décidé très vite de ne pas me donner les mêmes devoirs qu'aux autre afin que j'aille plus loin. Grâce à vous, la boucle se bouclait.

Je pense bien sûr à vous, mes autres profs. Vous que je n'ai pas nommé mais qui avez fait de moi l'homme que je suis devenu : un homme libre, un homme éclairé, un homme qui pense, un homme qui aime…

Les années passent, la mer est verte,

tu as ta vie, j'ai la mienne, tout va bien !

Lea Massari, encore dans « les choses de la vie »

Chapitre 18

FAIT RESET A MAMAN !

On y'est!

Le train est arrivé à destination, je suis monté dans la navette. C'est dans cette dernière ligne droite que je dois définitivement effacer les dernières heures que j'ai vécu. Peut-on vraiment effacer une partie de la mémoire de son disque-dur cérébral ?

Je ne me souviens pas de toute la soirée d'hier, c'est bon signe, non ?

Je me souviens parfaitement de notre folle nuit, c'est sûrement un bien moins bon signe.

J'ai l'estomac en vrac, le cerveau à l'envers, et le car arrive…

Reset.

Je ne raconterai pas ma semaine de formation à mes amours, ça ne les intéresse pas forcément. Je ne raconterai pas non plus ce qui s'est passé, ce n'est pas la peine, ce serait du gâchis.

J'aime Romy, j'aime Violette, j'aime notre famille, j'aime notre vie.

Reset.

Je n'ai pas le temps de prendre ma valise, Violette se jette sur moi, je la prends dans mes bras. Elle rit de bon cœur :

— Je te l'avais dit Maman, Papa pleure

Romy, qui a récupéré mon bagage me gratifie d'un sourire immense. Violette doit sentir qu'il est temps de quitter mes bras. Romy prend sa place, son corps si doux, collé contre le mien. Je la serre, fort, si fort.

Elle est ma femme, mon amour, mon âme sœur. C'est avec elle que je finirai ma vie, je le sais, je le sens.

— Vous m'avez manqué mes amours. Tellement manqué.

En disant ça, en les regardant, en les touchant, je le ressens au plus profond de moi, je les aime.

Je m'octroie six secondes, seul dans ma tête : Salut Maelle, sois heureuse toi aussi.

Reset.

Le Sensei est au professeur ce que le Mont Fuji est au point culminant de la Belgique.
Amélie Nothomb, et dans ce cas… ça se vérifie.

Chapitre 19

CHER CHOUQUART

Dans ces instants de noir, de flou, de brume, alors que ma vie défile et que mes souvenirs s'entrechoquent, j'ai pensé à vous tout à l'heure, ou hier, ou je ne sais pas exactement quand.

Si vous me le permettez, je voudrais vous écrire cette lettre. Si ça se trouve, il s'agit même d'un hommage posthume. Cependant, pour tout ce que vous avez fait pour moi, et pour l'ensemble de votre œuvre, je me lance…

« Cher Connard,

Ne nous voilons pas la face, vous dire au moment d'entamer ce courrier que je suis ému, voire triste que vous ayez

éventuellement quitté ce monde serait très exagéré, extrêmement mensonger. Pour faire simple, vous ne m'aimiez pas et je vous le rendais bien.

Ce qui me reste de notre histoire, c'est cette question qui n'a jamais cessé de ma tarauder : je voudrais connaître la raison qui vous a poussé à me pourrir cette année de troisième, et ce, jusqu'à l'inacceptable !

Ne me dites-pas, ne me dites surtout pas que c'est la faute de ce concours de nouvelles à la bibliothèque municipale. Ce serait très con et tellement décevant !

Si vous voulez tout savoir, je l'aimais beaucoup votre texte. Il était beau, sensible, intelligent, plein d'humour et empreint de nostalgie.

Avec le recul, je me demande si c'est bien vous qui l'aviez écrit. Moi, je l'avais joué, à ma façon, comme un escroc, en imaginant une idée de mise en forme un peu originale. Ecrire cette histoire en n'utilisant les verbes qu'à l'infinitif, c'était un coup de bluff,

rien de plus. Et si vous deviez en vouloir à quelqu'un, ce n'était pas à moi, mais aux trois membres du jury qui m'avaient placé en troisième position, juste devant vous. M'en vouloir à moi était tellement stupide.

J'ai tant raconté nos aventures tragi-comiques… Mais pas toutes, parce qu'on ne raconte pas l'irracontable. Peut-être qu'avec cette lettre, je pourrai me libérer. Je ne sais pas encore.. Vous souvenez-vous, au moins ? Ai-je compté pour vous comme vous avez compté pour moi ? Ai-je donné trop d'importance à ce conflit ? Me sûtes–vous gré de mon silence, monsieur Chouquart ?

On compte les points ?

Je me souviens de cette rédaction que, manifestement, vous aviez bien aimée et à laquelle vous aviez donné une note pourrie avec cette annotation : « Le travail est bon mais développé sur trop peu de pages ». J'avais dû oublier qu'il valait mieux tirer à la ligne plutôt qu'être efficace. D'accord !

Chouquart 1 – Thibaut 0

La rédaction suivante, je l'avais étirée sur douze pages, dix de platitudes pour deux vraiment intéressantes. Et alors que vous exigiez que nos devoirs soient rédigés au stylo-plume à encre bleue marine, j'avais tout écrit, par provocation, au stylo bille noir. Le zéro qui en a résulté, c'était moi qui l'avait provoqué, et ça m'avait procuré un plaisir immense.

Chouquart 1 – Thibaut 1

Je me souviens de *La jeune veuve*, une fable de La Fontaine. Je ne l'avais pas apprise. Vous aviez déjà bien avancé dans votre entreprise de destruction massive de ma motivation.

Moi, pour ne pas trop m'emmerder pendant que vous faisiez réciter une strophe, puis une autre à mes condisciples, je lisais la fable que je trouvais excellente et je souriais tranquillement.

La phrase a claqué, cinglante comme un coup de fouet. J'ai entendu crier mon nom suivi de

— Au tableau.

Toujours souriant, je suis allé jusqu'à vous

— Quelle strophe désirez-vous entendre ?

— Toute la fable, avez-vous aboyé.

J'ai alors, avec les intonations qu'il fallait, déclamé *La jeune veuve*, regardant parfois dans votre direction sans pouvoir cerner si vous étiez content ou énervé, si vous vous doutiez que je venais de la lire pour la première fois quelques minutes auparavant.

J'ai lu tellement de joie dans les yeux de Laurent Courtel, mon binôme en cancritude, que ce souvenir reste un des plus grands de ma scolarité.

Chouquart 1 – Thibaut 2

On parle de dictée, cher Chouquart ? Vous aviez, peut-être pour vous amuser à nos dépens, proposé cette drôle de phrase :

L'eusses-tu cru, mon ami Pierrot, que de la morte Adèle, telle que l'a peint Corot, il fut si épris qu'il fit des chants d'elle et en vers mit celle qui fut son grand amour.

Vous avez du bien rire, le grand nombre de calembours avait trompé un maximum d'élèves. Une chance que ce ne fut pas noté. Pour ma part, je m'en étais très bien tiré, n'ayant commis aucune faute. Vous n'avez pas eu mot pour moi alors vous ne tarissiez pas d'éloges envers Nathacha Marques qui n'avait fait qu'une faute.

Première claque dans la gueule.

Chouquart 2 – Thibaut 2

La dictée « officielle » qui allait suivre, je l'avais attendue impatiemment. Je vous l'ai rendue après avoir pris soin, au prix d'une concentration extrême d'affubler chaque mot d'un faute, d'orthographe.

Chouquart 2 – Thibaut 3

Bien sûr est venu le moment où vous nous avez rendues les copies corrigées. Je vous sentais fébrile.

— Il y a un petit con dans la classe qui se trouve plus malin que moi !

— Ah ! On parle enfin de moi ! avais je soufflé à l'oreille de ma voisine.

Vous m'avez fait venir jusqu'au bureau.

Deuxième claque dans la gueule, au sens sale, douleur comprise.

Je n'ai rien dit, ni crié ni pleuré. Je suis resté planté devant vous, je vous ai regardé dans les yeux, et j'ai souri.

Un point partout !

Chouquart 3 – Thibaut 4

Mais ce qui ne sera jamais pardonné, jamais oublié, même si ça a été caché pendant tant d'années, c'est l'injustifiable passage à tabac auquel j'ai eu droit pendant le séjour aux Pays-Bas. Sous le prétexte qu'on faisait un peu de bruit, dans cette auberge de jeunesse de Rotterdam, vous avez surgi dans la chambre, m'avez attrapé par les cheveux et les coups ont plu !

J'ai bien cru que vous n'arrêteriez jamais malgré les cris et les tentatives des copains pour m'arracher à cette avalanche de claques, de coups de poing, de coups de pieds…

Puis vous vous êtes figé, hagard, échevelé, horrible, fou et tellement ridicule dans votre pyjama d'un autre âge.

Oui, monsieur Chouquart, j'ai eu envie de vous descendre publiquement de votre piédestal, de sortir porter plainte, ce soir-là. Je ne l'ai pas fait. Parce que j'avais tellement honte d'avoir vécu ce moment. J'ai supplié les témoins de la scène de garder le secret. On peut être un peu con quand on a quinze ans !

On avait, ensemble créé la version officielle, un groupe de jeunes hollandais m'avaient frappé alors que nous avions fait le mur.

Quand à vous, monsieur Chouquart, vous avez triché, vous êtes disqualifié !

Pourtant la victoire est amère.

Je vais tout de même terminer cette lettre par une formule d'impolitesse.

Alors je vous prie de croire, monsieur Chouquart, que vous avez droit, à mon plus grand mépris, à toute ma haine et que je vous conchie. »

Je me souviens d'un Anglais manchot qui battait tout le monde au ping-pong au Château d'Oex.

Je me souviens de Ploum ploum tra la la

<u>Georges Perec se souvient</u>

Chapitre 20

RECORDOR

Je veux, donc je vais me réveiller. Et dans ce cas, il me faut absolument me souvenir !

Alors, je me souviens :

Enfant, je voulais être vétérinaire pour dinosaures.

J'installais, dans tout l'appartement, les uns à la suite des autres et sans ordre particulier : mes soldats, indiens et cowboys, animaux de la ferme, animaux sauvages, voitures, tous mes cyclistes.

Ceux-là, je m'en servais aussi à la plage pour les parcours de billes. Je crois qu'on passait plus de temps à préparer le tracé qu'à jouer au « Tour de France ».

On passait nos vacances à Pléneuf, on était inscrits au Club Olympic.

A la maison, nous ne regardions pas le journal télévisé, mais *Les jeux de 20 heures*, avec Maurice Favières, Jean pierre Descombes et Maitre Capello.

Le premier dessin animé que j'ai vu au cinéma, c'était *Bambi*, le premier film, c'était *Peau d'Ane*.

Je me souviens de la publicité pour Le trèfle parfumé, que Fruité c'est plus musclé et qu'on a toujours besoin de petits pois chez soi !

Mon premier quarante-cinq tours, c'était un disque de Cowboy Ray Shock. Il chantait *My Bonnie* et *Oh Susanna*.

Le matin, avant l'école, je passais « chez Angèle » acheter un franc de bonbons.

Certains soirs, je me cachais dans le couloir pour voir des films qui n'étaient « pas de mon âge ».

J'ai reçu un magnétophone pour ma communion, et un stylo à plume d'or Waterman.

J'ai adoré mon magnétophone. J'enregistrai les chansons qui passaient à la radio. La toute première, ça a été *Bombay*, de Michel Delpech.

J'ai vu, au cinéma, un film interdit aux moins de treize ans une semaine avant mon treizième anniversaire.

Je me prenais pour un musicien parce que je parvenais à reproduire une mélodie avec un doigt sur mon orgue Bontempi. Alors j'ai été complètement imperméable aux leçons de solfège que me donnait un vieux voisin. Je lui en demande pardon, et sachez qu'aujourd'hui, je le regrette.

J'ai aimé les Beatles, Michel Delpech, Michel Jonasz, Peer Gynt, West Side Story, les Concertos Brandebourgeois, Stan Getz, Jacques Higelin, Gérard Manset, Francis Lalanne, Erik

Satie, Starmania, David Bowie, The Doors, Téléphone, Harmonium, Ange ... et tant d'autres.

Le dimanche matin, j'allais à la messe, je ne donnais pas l'argent que ma mère m'avait donné pour la quête, et sur le chemin du retour, je lui achetais une rose à trois francs.

J'ai aimé *Un homme et une femme, Mourir d'aimer, La belle histoire, Deux hommes dans la ville, Mélodie en sous-sol, Elle voit des nains partout, Sept ans de réflexion, Fame, Les parapluies de Cherbourg*....

J'ai été répétiteur pour une grande actrice, j'ai aimé cette grande actrice.

J'ai aimé *Le rouge et le noir, Les misérables, Aimez-vous Brahms?, Cyrano de Bergerac, Dom Juan, L'étranger, Des fleurs pour Algernon, Le crime de l'Orient -Express*...

Ma première chérie était (selon ses dires et son nom de famille) la nièce d'un célèbre cycliste, moi j'étais le neveu d'un super cycliste.

Je partais en colo à Saint Benoit du Sault.

En vacances, en Espagne, avec ma sœur, tous les après-midi nous allions chez le glacier et je commandais « Dos helados vanilla, por favor. ».

Le premier livre de la Bibliothèque Rose que j'ai lu, c'était Jojo Lapin et le Grand Crocoreille.

Plus tard, mais pas tant, j'ai lu tous les Fantômette, de Georges Chaulet.

Puis *Langelot* dans la bibliothèque verte, le pseudonyme de l'auteur était Lieutenant X.

Mon tout premier concert de grand, c'était Michel Jonasz.

Mais j'avais vu Annie Cordy à l'Olympia avec mes parents.

Annie Cordy, je l'ai croisée plus tard, un soir, au bar d'un hôtel, elle sortait d'un concert et moi d'une réunion.

C'est dans ce même hôtel que j'ai rencontré, un autre soir, Tony Parker. J'ai toujours son autographe.

Je me souviens de Pierre Barouh qui chantait *Le courage d'aimer* et François Béranger qui chantait *Tranche de vie*, et cette chanson là c'est Eric Frasiak qui m'a rappelé que je m'en rappelais.

J'ai eu ma première chaine stéréo pour mes dix ans et mon premier magnétoscope pour mes vingt ans.

C'est mon père qui m'a offert mon premier album de Prince.

J'avais presque fini un album Panini sur le foot, la seule image qui me manquait était celle de Dino Zoff, le gardien de la Squadra Azzura, l'équipe d'Italie.

Je crois avoir commencé une collection de timbres, et de pièces étrangères, et d'autocollants, et de porte-clés, et de plein d'autres trucs.

J'achetais, toujours « Chez Angèle », des figurines de soldats de la marque Heller.

A la télé, Joe Dassin était toujours habillé de blanc. Je l'ai croisé, un jour, près de la maison de la radio, tout en jean. Je me demande toujours si c'était bien lui.

Un soir, alors que j'étais allé voir *Starmania*, j'étais assis à côté de Claude Michel Schönberg, il m'a signé un autographe sur un ticket de métro. Je crois que je l'ai perdu.

J'avais les 33 tours de *Piccolo, Saxo et Cie* et du *Petit Prince* et je les écoutais en boucle sur le vieux Teppaz de mon père.

Un soir au théâtre, j'ai vu Maria Casares dans Hecube. Après le spectacle, elle m'a serré la main. J'aurais voulu ne jamais laver cette main.

Une fois, dans un bar Karaoke, je chantais *Je m'voyais déjà* d'Aznavour quand j'ai entendu un type bien dire aux convives à sa table : « La vache, il le fait bien ! »

J'ai appris à cracher du feu.

J'ai rencontré de belles personnes, elles m'accompagnent toujours un peu.

Puis des moins belles mais celles-là, je m'en fous.

Ah oui ! Un jour, je me suis arrêté en voiture pour laisser traverser un groupe d'écoliers. J'ai toujours le cœur rempli des sourires, des mercis lus sur les lèvres, des signes de la main dont ils m'ont gratifié.

Ellipse : Figure narrative consistant à supprimer du récit un certain nombre d'éléments faisant partie du déroulement logique de la fiction, mais jugés inessentiels à sa compréhension

In Encyclopaedia Universalis

Chapitre 21

COMME UNE ELLIPSE

Maelle vit désormais à Rome avec son photographe. Les nouvelles qu'elle me donne la disent heureuse. Les photos dans les magazines ou sur les affiches la subliment. Si elle va bien, alors je vais bien.

Mes parents ont, sur un coup de tête, décidé de revendre la maison d'enfance, de partager l'argent entre ma sœur et moi, et de partir finir leurs jours dans une bergerie des Pyrénées...

Retour de Beatnikitude sans doute ! Bon vent les darons ! Et

comme les transactions se sont faites en liquide, je ne suis pas certain que tout ceci soit bien légal. Je préfère fermer les yeux.

La natation, c'est fini pour moi.

Le mannequinat, par contre, ça marche très fort, je gagne bien assez d'argent pour vivre sans souci.

J'ai acheté un bel appartement Boulevard Saint-Germain.

D'aucuns penseront sûrement que ce n'est pas juste de réussir comme ça, en faisant juste des photos. Pardon, mais j'assume !

J'ai, par contre, une grosse envie de reprendre des études.

Je fais du théâtre, et je chante en m'accompagnant à la guitare.

Ma vie est plutôt agréable. Même si j'ai peu d'amis, mais pas mal de « connaissances », je participe à des soirées, des fêtes bien arrosées, voire plus. Mais ce n'est pas ce que je désire, au fond !

Quant à ma vie sentimentale, elle est assez... comment dire... vide, insipide, inexistante.

Maelle a conservé sa place.

Si j'allais consulter un spécialiste pour un forfait complet d'examens, il trouverait un sexogramme et surtout un libidogramme plats.

Finalement, je prends la décision qui va changer ma vie et je vais m'inscrire en Fac de lettres à la Sorbonne Nouvelle.

DEUXIEME PARTIE

MARGOT

Partir un jour, sans retour

Effacer notre amour

Sans se retourner

Les 2 Be 3, mais aussi Philippe Katerine !

Chapitre 22

IL FAUT TOURNER LA PAGE

L'avion entame sa descente vers le Maccarran International Airport de Las Vegas, et ce, dès le lendemain de mon atterrissage à Rio de Janeiro. Mon départ rapide m'a « obligé » à voyager en Business Class, ce que je ne regrette pas, d'autant que le vol dure depuis plus de quinze heures. Le film que je regarde va aussi se terminer bientôt.

Et c'est la cata…

L'avion décide de traverser une zone de turbulences extrêmes.

Et tout part en vrille, les masques à oxygène tombent. Les passagers paniquent, hurlent…

Ma voisine me secoue et me lance sur un ton amusé :

— Je supporte déjà vos ronflements, si en plus vous me donnez des claques, je risque d'avoir du mal à vous apprécier !

J'ouvre les yeux sur la personne qui m'a parlé, elle me lance un regard bienveillant.

— On est arrivé ? demandé-je.

— Oh non ! On est parti depuis une heure et vous dormez depuis presque autant de temps.

— Je suis désolé, je suis un peu perturbé, très fatigué, jet-lag.

Une hôtesse de l'air très blonde se penche sur moi et me propose du champagne. C'est ma voisine qui répond pour moi que nous serions ravis d'en avoir.

— Fish or chicken ?

L'hôtesse qui nous a amené nos flutes s'enquiert de notre choix pour le menu.

On va dire, parce que j'ai déjà du mal à me souvenir de tous les faits, que tout le monde va parler la même langue. Hein ? Dac ? Oui ! Alors tout le monde parle un français impeccable.

Je réponds donc à l'hôtesse que poulet parce que j'ai très faim, ce à quoi ma voisine de siège répond dans un bel éclat de rire :

— Si vous avez très faim, attendez d'être à terre. On n'en a plus que pour quatorze heures ! Je m'appelle Jessica et je suis de Las Vegas.

— Je suis Thibaut, je suis français et je me rends à Window Rock.

— Vous voyagez pour affaire ou plaisir ?

Je souffle dans un murmure

— Ni l'un, ni l'autre.

— Vous voulez me raconter ?

— Je ne veux pas vous embêter.

— Ne vous inquiétez pas pour ça, je suis psychanalyste. Je sais très bien écouter. Dites-moi déjà ce que vous faisiez à Rio ?

Et je commence à lui raconter, parce que je me sens en confiance et parce que j'en ai besoin.

Paris... Perros-Guirec... Rio de Janeiro... Et l'avion dans lequel nous volons.

Il fallait que je parte, que je passe à autre chose et il avait toujours été clair qu'un jour, pour une raison ou une autre, je finirais à Perros-Guirec.

Et je raconte :

— C'est un bel endroit, je suis dans un grand hôtel, dans une chambre magnifique avec un balcon qui donne sur la mer. Je me lève le matin pour marcher sur la plage et je ne vais me coucher qu'après ma promenade le long de la mer. La journée, je cours les agences immobilières pour me chercher une maison. Mais mon mal-être est toujours présent, je comprends alors que je dois partir, encore... encore plus loin.

Je guette un signe, une indication, une destination... Le tout arrive par un chanteur de rue très doué, j'aurais adoré jouer de la

guitare comme lui, il me bouleverse. Et il chante, il chante si bien, j'aurais adoré chanter comme lui. Il phénoménalise cette chanson de Nino Ferrer sur une musique d'Antonio Carlos Jobim qui me fait tant de mal et que j'aime tant, *La rua Madureira*. J'ai toujours aimé la musique brésilienne, la samba. Sans autre forme de procès, je rentre à Paris, fonce à l'aéroport Roissy-Charles de Gaulle pour prendre le premier avion pour le Brésil. C'est là que je vois une photo qui me marque, que je garde sans un coin de ma tête. Mais Rio étant trop difficile à vivre pour moi, me voilà près de vous, à boire ce champagne douteux.

— Pardonnez-moi, mais vous n'avez pas dit ce qui vous pousse à fuir.

— C'est une longue histoire malheureusement trop courte. Et je doute qu'elle vous int…

L'arrivée des repas me sauve d'une psychanalyse douloureuse.

J'ai néanmoins fini par tout raconter à Jessica dans une cataracte de larmes. Elle m'a laissé parler, écouté, puis félicité et remercié de la confiance que j'avais mis en elle.

— Je ne peux pas vous promettre que vous allez vous reconstruire maintenant. Ce que je sais, c'est que vous venez de franchir une belle étape. Les larmes ont coulé. Elles seront désormais moins présentes.

— Combien vous dois-je docteur ? ironisé-je.

Jessica me regarde avec empathie, et une pointe de culpabilité.

— Je suis désolée de vous avoir menti, je ne suis pas du tout psychanalyste, je ne suis qu'une religieuse du Couvent Carmélite de Reno. Si mon écoute a néanmoins réussi à vous faire du bien, j'en serais si heureuse pour vous. Mon ami, serait-il possible que ce pieux mensonge puisse rester entre nous et notre Seigneur ?

J'acquiesce alors qu'une hôtesse annonce l'atterrissage imminent et je me promets de faire, très vite un don à ce Couvent pour remercier Jessica.

N'empêche que, si on est si près d'arriver, c'est que j'ai dû parler très longtemps.

Pourtant s'il est une samba sans tristesse

C'est un vin qui ne donne pas l'ivresse

Un vin qui ne donne pas l'ivresse

Non, ce n'est pas la samba que je veux

Pierre Barouh dans Un homme et une femme

Chapitre 23

SARAVAH

Un pas, une pierre, un chemin qui chemine. La chanson est brésilienne et pourtant, je l'entends en français. L'aéroport international de Rio de Janeiro-Galeao est enjoué et bruyant, les gens y sont gais et rieurs, on y chante et on y danse. *Ce sont les eaux de mars, ce sont les eaux de mars.* C'est Antonio Carlos Jobim qui m'a fait quitter la France, c'est lui qui m'accueille à Rio, même si j'ai dans la tête les mots, si beaux de Georges Moustaki. Ici la samba est reine et je devrais être dans

mon élément. La musique a changé, *Madureira chorou* investit les hauts-parleurs. *Si tu vas à Rio*. L'exemple d'une bonne adaptation foireuse. Cette chanson est un hommage à Zaquia Jorge, retrouvée morte sur la plage de Tarra de Tijuca, qui a été une des grandes figures de Madureira. Comment je me souviens de ça ? Dario Moreno et ses auteurs en ont fait une chanson enjouée. C'est un peu étrange, en même temps, j'aime bien. Mes pas me portent vers la station de taxis. Le chauffeur me demande le nom de mon hôtel et je lui rétorque que je n'en ai pas, que je veux aller à Madureira et que je chercherai une chambre après. Je crois qu'il me prend pour un cinglé.

La radio chante *Voce abusou* : *Fais comme l'oiseau*. Ce sont les reprises de chansons qui m'ont fait découvrir la musique brésilienne. Je chante dans ma langue, mon taxi-driver me regarde dans le rétroviseur et stoppe la voiture au beau milieu de la route pour me demander pourquoi, je pleure.

—C'est la musique, j'aime la samba, j'aime la musique de chez vous. C'est pour ça que je suis ici, pour la musique.

Je chante des paroles en français sur des chansons brésiliennes, le chauffeur redémarre et finalement me regarde dans le rétro, amusé.

Fio Maravilha s'invite dans la radio.

Je lui demande s'il sait de quel musicien parle la chanson, il s'arrête de nouveau, provoquant un concert de klaxon se retourne avec un regard interrogateur et devant ma mine ahurie me met le nez dans mon erreur.

— Pas un musicien ! Un footballeur ! Fio Maravilha, ça parle d'un footballeur.

Enfin je suis déposé à destination, Madureira ! Le quartier est bigarré, coloré, cosmopolite et musical parce que la musique vient de partout, notamment des deux écoles de samba, parmi les plus cotées de Rio. Et ce qui me frappe, c'est la gaité qui ressort de cet endroit.

Sortant des fenêtres, des ghetto-blasters, des groupes de rue, des guitaristes, des orchestres de Batucada, j'entends ceux qui ont composé et écrit la musique que j'aime : Antonio Carlos Jobim, Juan Gilberto, Vinicius de Moraes, Baden Powell, Sergio Mendes, Dolores Duran, Gilberto Gil ; et dans ma tête ceux qui nous ont aidé à les découvrir en France : Claude Nougaro, Michel Fugain, Nicoletta, Pierre Vassiliu, Françoise Hardy, Marcel Zanini, Carlos, Nana Mouskouri, Henri Salvador, Georges Moustaki, Dario Moreno et surtout Pierre Barouh.
J'écoute *O que sera*, *Berimbau*, *Partido alto* et j'entends *Tu verras*, *Bidonville*, *Qui c'est celui-là*.
Du coup, je ne vais pas bien !
J'aime, où je suis ! Et je ne m'y sens pas comme j'aimerais !
C'est musical et enjoué ! Mais je ne suis pas musical et enjoué !
Et tout ça, finalement me ramène trop à la France.
Et la France me ramène à mon absence.
Changer d'endroit

J'avise un nouveau taxi, je lui demande de m'emmener à un hôtel hors de ce quartier et de couper le son de la radio.

Et comme, il ne parle pas anglais et que mon portugais est nul, il va… quelque part et… baisse un peu le son.

Je ne suis pas à l'aise et la musique qui sort de la radio est celle qui a servi à écrire *La rua Madureira* à Nino Ferrer.

C'en est trop !

— A l'aéroport ! crié-je à mon chauffeur.

Il pile au milieu de la route, ça doit être un sport national !

— Rio- Galeao ?

— Oui ! Fait comme l'oiseau : le calao. C'est ça !

Je fuis, mais je reviendrai sûrement au Brésil. Mais à la fin de toutes les étapes qui me restent à franchir.

Pour l'instant le Brésil est trop gai et sa musique est trop française.

Etudiant poil aux dents

Je suis pas de ton clan

Pas de ta race

Renaud toujours d'avant

mais d'un peu après

Chapitre 24

L'ATTENTAT A LA BOMBE

J'entre, la peur au ventre, pour mon premier cours en amphithéâtre. J'en fais peut-être un peu trop.Je pénètre avec une légère appréhension dans cet univers nouveau pour moi, celui de l'enseignement supérieur et je sens immédiatement que je n'y suis pas du tout à ma place, que ce n'est pas mon monde.

Déjà, les gens autour de moi sont tous déguisés en étudiants, alors que je me suis habillé en Thibaut ce matin : jean et T-shirt.

Un peu moins de soleil et j'aurais débarqué avec mon sempiternel sweat à capuche.

Et puis je me sens vieux. Tout à l'heure, une fille m'a appelé « monsieur » ! Pardon mademoiselle, mais « monsieur », c'est mon père !

Je me suis trouvé une place en face de l'estrade, j'ai ouvert mon bloc orange, déposé dessus mon Bic 4 couleurs, me voilà prêt à prendre un maximum de notes à propos de ce premier cours magistral sur le cinéma muet soviétique.

Dans quel cursus je me suis invité?

Mes yeux font un peu le tour des lieux, la plupart de mes condisciples ont un stylo dans une main, une cigarette dans l'autre.

Et survient l'attentat !

Une bombe vient d'exploser dans l'amphi!

Mes organes ont dû être éparpillés autour de moi parce que je ne sens plus que mon cœur. Même qu'il a pris toute la place dans mon corps.

Je regarde autour de moi afin d'évaluer les dégâts!

Rien n'a changé!

C'est officiel, il n'y a que moi qui ai ressenti l'onde de choc.

Je me rends alors à l'évidence, ce que j'ai pris pour un attentat à la bombe, n'est pour les autres, qu'une jeune femme qui s'installe tranquillement au pupitre juste devant moi sans se rendre compte de l'état dans lequel elle m'a mis.

Sûrement en état de choc, moi qui n'ai aucun talent pour draguer, moi qui n'ai aucune idée de la manière d'aborder une personne … je me lance dans une tentative que je sais vouée à l'échec.

Je lui tape doucement sur l'épaule, elle se retourne, elle est très jolie, avec un sourire un peu étrange, un peu en biais. Je bredouille un vague

— Est-ce que tu aurais une gomme, s'te plait?

Le champion de la drague à deux balles, c'est moi!

Elle me sourit alors franchement en fixant mon Bic 4 couleurs et me tend une gomme en précisant

— Je ne suis pas certaine qu'elle te soit d'une grande utilité !

— On pourrait boire un verre à l'occasion ?

C'est moi qui ai parlé ?

— Eh bien, au moins il ne perd pas de temps ! Sûr de lui le garçon !

Et voilà, je viens de me transformer en flaque sur mon siège. Et ça se marre en douce autour de nous !

— Pardon ! Désolé ! Oublie tout ! On peut reprendre à zéro ?

— D'accord ! Je suis Margot, et manifestement, comme toi, j'ai dépassé la moyenne d'âge de l'endroit.

Direct au cœur, je suis sous le charme.

— Enchanté, je suis Thibaut.

— Je suis ravie de te revoir Thibaut.

Uppercut au cerveau, elle a dit « te revoir »?

— Oui, moi aussi. Bien ! Tu es étudiante ?

Bravo Thibaut, tu viens d'atteindre le top niveau de la discussion.

—Non, non ! J'ai vu de la lumière, et je suis entrée voir si je pouvais me faire payer un verre par un mec mignon.

Ça y'est les amis, je suis amoureux.

— Oui, c'est bien! Un verre, c'est une bonne idée.

— Elle est de toi, me rappelle-t-elle.

Elle rit. Et tous nos voisins rient de concert et de bon cœur, on n'est peut-être pas si différents.

— Demain vers seize heures au Rostand ? Proposé-je.

— En face du Luxembourg ?

— Oui.

— Oui.

— Pardon, mais tu as dit « te revoir », tout à l'heure?

— Oui Titi…

— …

— Tu veux un indice?

— Euh! oui… Déjà, Titi, ça ne me rajeunit pas.

— OK! Alors, je te confirme… Madame Maréchal.

Le professeur a fait son entrée, le cours a commencé.

Je crois qu'il a parlé du Cuirassé Potemkine d'Eisenstein.

Margot s'est focalisée sur l'exposé et moi sur sa nuque.

Et sur le mystère de la maternelle.

La maternelle… Titi…

J'avais cinq ans, j'étais un gentil garçon, bon élève, je savais lire et écrire mais, croyez-moi ou pas, s'il y avait d'autres élèves dans cette classe, je serais bien en peine d'en citer un seul.

— Je vous remercie de votre attention, à la semaine prochaine, je vous espère aussi nombreux!

Margot se dresse sur la pointe des pieds, je me penche et elle dépose un baiser sur ma joue gauche.

— A demain, j'ai hâte

Elle m'a mis KO! Ma vie vient d'amorcer un virage à je ne sais combien de degrés.

Je ne rentre pas directement chez moi, je passe chez ma sœur pour me livrer à une recherche sur le réseau social ultime de quand on était petits : la photo de classe.

Merci Frangine de tout classer, je retrouve très facilement la photo si émouvante de tous ces enfants que j'ai oublié.

A droite trône, sous son improbable chignon, madame Maréchal.

Moi je suis au premier rang, avec mon tablier vert estampillé d'une broderie représentant le chapeau, le masque et l'épée de Zorro, je suis « le garçon qui sourit sans ouvrir la bouche ».

En haut, à gauche, je ne vois qu'elle et pour la première fois je mets un nom sur cette petite fille au sourire éclatant et un peu en biais: Margot.

Le soleil ne possède qu'une journée,

tu dois bien vivre cette journée pour qu'il

n'ait pas gaspillé son temps précieux.

<u>Ce que le peuple Navajo enseigne a ses enfants</u>

Chapitre 25

TSĒGHĀHOODZĀNI

Je voyage dans ce taxi antédiluvien depuis bientôt une demi-heure, avec cet homme dont le mutisme inhabituel pour un chauffeur de taxi m'inquiète et me convient néanmoins. C'est surtout l'absence de musique qui me conforte dans mon choix d'avoir quitté Rio de Janeiro pour venir m'enterrer ici.

— Welcome to Tsēghāhoodzāni, my friend!

Oui! D'accord! Celui-là, je l'ai laissé passer en anglo-navajo, mais je reviens de suite au français.

— Merci. Ce que vous venez de dire, c'est le nom de la ville en Navajo?

— Oui, c'est exactement ça! Tenez, voilà le rocher et la fenêtre.

Mon chauffeur, qui durant ces deux dernières minutes m'a plus parlé que pendant les trente premières, me dépose devant la statue d'un soldat.

Window Rock, c'est clairement une fenêtre dans un rocher, juste un trou dans un rocher, une fenêtre, un hublot.

En même temps, c'est incroyable, et je me plante devant, fasciné, en larmes, encore une fois.

Manifestement, depuis le drame de Margot, je souffre de *lacrimosa selectiva* : je ne pleure plus pour ce qui est grave, je ne pleure plus que pour ce qui me bouleverse de beauté.

Et pardon pour mon latin approximatif!

Il faut néanmoins que je me bouge et que je me trouve un motel. J'attrape mon sac qui traine à terre depuis que Bernardo (oui je l'avais appelé comme ça, mon taxi-driver muet) nous a déposé.

J'avise un groupe de jeunes gens, filles et garçons mêlés qui me dévisagent, rieurs de voir mes joues inondées.

Très connement, je tente un ridicule « Ya' at' eeh » qu j'ai appris dans l'avion, auquel ils me répondent « Hi ».

Note à moi-même : ils sont peut-être Navajos, mais ils sont surtout américains.

Je leur demande de m'indiquer un hôtel en ville.

— Va chez Tallulah, elle loue une chambre et elle est très accueillante, me lance, hilare un gamin d'une dizaine d'années.

— Il y a le Quality Inn ou le Navajoland Inn, le coupe la plus grande des filles, peut-être la plus agée de la bande.

— Il sera mieux reçu chez Tallulah, renchérit un troisième en gratifiant sa réplique d'un clin d'œil très appuyé.

Je préfèrerais me retrouver seul avec ma peine, seul dans ma chambre d'hôtel. Sur les indications de mes jeunes guides, je prends la route de l'hôtel qui sera le plus proche.

Je n'ai pas fait dix pas qu'on m'appelle, c'est la petite, la plus petite du groupe. Elle me prend la main :

— Tu dois aller chez Tallulah, elle est toute seule, elle est la plus gentille et elle n'embête personne. Elle sera contente que tu sois là!

Je ne peux résister à son sourire, et me laisse emmener chez la fameuse Tallulah, manifestement si accueillante, par la plus jolie des guides.

—Mon nom, c'est Doli.

—Je suis ravi de te connaître Doli. Moi je suis Thibaut!

Elle s'arrête brusquement et son regard me pénètre, me transperce.

Elle répète

—Tibo!

Comment peut-on arriver le premier sur des milliards dans le cœur de quelqu'un ?

Y'aurait-il des vies pour apprendre à s'aimer et des vies pour s'aimer vraiment ?

J'ai toujours aimé les films de Claude Lelouch

Chapitre 26

COMME UNE EVIDENCE

Je suis arrivé à quinze heures pour mon rendez-vous de seize heures, j'étais avec Julien.

Hier soir, après quelques bières, bien utiles pour me remettre de ce que j'avais osé faire dans l'après-midi, je l'ai supplié de venir avec moi… parce que je suis en panique, que je n'ai eu aucun rencard depuis Maelle, que j'ai peur de ce que je suis et que Margot me plait au-delà du possible…

Quinze heure quarante, Julien s'impatiente!

Il oublie que c'est moi qui joue mon destin, ou quoi?

J'en fais des tonnes?

Peut-être !

Mais…

Dois-je avoir confiance en cette histoire qui a commencé, il y a une vingtaine d'années, en maternelle?

Je regarde autour de moi, c'est exactement le décor rêvé pour notre premier rendez-vous. Le Rostand, une table en terrasse, le Jardin du Luxembourg, Paris, et sûrement, quelque-part le nouveau ou futur Robert Doisneau, planqué pour prendre la photo qui détrônera *Le baiser de l'Hôtel de Ville* dans le cœur de l'humanité.

C'est d'accord, il faut que je me calme.

Margot arrive et, comme moi, elle est venue avec une copine.

Et là, je ne peux que décrire ce que je n'ai toujours pas compris.

Julien se marre, se lève, reconnait (miraculeusement) Margot, lui fait une bise, parle à l'oreille de la copine, et ils partent tous les deux. Les traitres!

Et merci!

Margot me sourit et le monde disparait autour de nous.

Comme une évidence, après un temps de regards et de sourires, un Tequila Sunrise pour elle et un café pour moi, elle a repris la conversation qu'on n'avait pas encore entamée.

— Alors? Tu as découvert qui je suis, « le garçon qui sourit sans ouvrir la bouche »?

— Oui, après une longue et minutieuse enquête, « la fille au sourire en biais en haut à gauche sur la photo ».

— Sans rire? Tu as toujours la photo de classe?

— Ma sœur, comme notre mère garde tout! C'est pathologique. Un peu pathétique, aussi.

— Pourquoi t'appelles-tu Thibaut? Il y'a une raison?

— Ma mère, à l'époque de la conception, avait découvert le feuilleton Thibaud et les croisades et adorait l'acteur principal. Quant à mon père, il m'a déclaré à l'État-Civil en remplaçant sciemment le D de Thibaud, par un T, pour rire!

— Et ta mère l'a bien pris?

— Ma mère a bien ri aussi, et s'est moqué de la jalousie de mon père. Et, toi, c'est Marg… AUX ou OT?

— Si je te dis que mes parents étaient fans de Georges Brassens?

— Alors je vote pour OT, et j'adore. Et...pardon, mais...je suis surtout content qu'ils n'aient pas choisi Fernande.

Le roi de la vanne pourrie, c'est qui?

Margot a éclaté de rire. Le rire le plus franc du monde. Je fonds de tendresse et ose lui dire :

— J'ai le sentiment que je t'attendais.

— Et moi, je crois sincèrement, que j'attendais de te retrouver.

Comme une évidence! Un deuxième Tequila Sunrise et une Margarita sur la table :

— Puisqu'on se connait depuis longtemps, on peut se parler de nous en allant un peu plus loin.

Alerte rouge! Plus loin que quoi?

— Qui commence? Demandé-je d'une voix... pitoyable.

Je me sens tellement nul et ça ne peut qu'empirer, la catastrophe se précise.

— Toi, propose Margot, je pose une question et tu y réponds.

— Carrément?

— Carrément!

— Parle-moi de ta situation sentimentale.

C'est une blague! C'est une putain de blague!

— Disons que c'est le néant... jusqu'à hier.

— Je comprends mieux ce côté « sûr de toi » que tu avais!

Apnée de moi, sourire d'elle, expiration et reprise en main.

— C'est bon. A moi ?

Signe de tête d'assentiment.

— Quand tu as évoqué tes parents...

Elle me coupe, le regard assombri.

— Pas maintenant. D'accord?

— Pas maintenant. D'accord!

Et pour éviter tout malaise, je lui rends la main... Son regard me bouleverse. Et comme si ma question précédente n'avait jamais été posée...

— Je reprends : peux-tu me parler de ta situation sentimentale, disons... dans une vie antérieure?

— Il y a eu une personne qui a compté, elle s'appelait Maelle, on est resté ensemble quelques années, avec des hauts et des bas, des breaks et des retrouvailles, puis on est devenus des amis. Aujourd'hui, elle vit à Rome ave un photographe et elle est toujours top-model.

— Tu sortais avec une top-model ?

Son air surpris me cloue sur place.

— C'est aussi comme ça que je gagne ma vie?

Son air encore plus surpris me crucifie. Alors je minimise :

— J'ai une bonne tête à lunettes.

— Et les yeux qui vont avec, murmure-t-elle.

Puis, sans transition :

— Mais quand vous n'étiez plus qu'amis, vous étiez quand même des amis qui… glissent l'un dans l'autre? Non?

C'est ce que je craignais, je n'ai pas envie de lui mentir, alors je me lance.

— Non. Nous n'avons même jamais fait l'amour, bibliquement parlant.

— Tu es ???

— Non!

J'ai peur d'avoir été un peu trop véhément pour être honnête! Alors que je le suis!

Margot lève un sourcil interrogateur.

—Non !!!

Je laisse passer un temps que je souhaite moins interminable que ce que je ressens.

— Excuse-moi, mais tu trouves normal qu'on ait ce genre de confidences pour un premier rendez-vous?

Elle se penche par-dessus la table et dépose un baiser sur mes lèvres, se recule et me gratifie d'un nouveau sourire.

— Je te rappelle qu'on se connait depuis une vingtaine d'années! Ce moment n'a rien d'un premier rendez-vous! Alors tu as quand-même des expériences… intimes.

Inspiration, questionnement… et je me lance :

— Une fois!

— …

— Tu ne veux pas dire quelque chose? Toi, par exemple.

Je vis alors le moment le plus « waouh » de ma vie : ses épaules se lèvent un peu, sa tête se penche vers la gauche, sa bouche fait une très jolie moue, un peu de travers, et d'une petite voix, elle me répond :

— Un peu plus que toi.

J'aime tout ce qu'elle est!

Comme une évidence.

Que se passe-t-il dans leur tête ?

A quoi pensent-elles en se maquillant

avant d'aller travailler ?

Se sentent-elles intactes ?

Clara Dupont-Monod

Chapitre 27

UN ENDROIT POUR VIVRE

Doli lâche ma main et me sourit en indiquant l'arrière de la maison de la fameuse Tallulah.

— On y est, Tibo !

Sa manière de m'appeler Tibo me secoue. Je la laisse frapper à la porte. Elle la pousse et appelle, une voix lui répond, une voix qui parle dans une langue que je ne comprends pas, mais qui va

vite être traduite en français par la magie de la traduction instantanée que j'ai instaurée.

D'ailleurs, ça commence maintenant.

Tallulah m'invite à m'installer et me sert un thé, très chaud et fort, très fort, imbuvable !

Je lui raconte une infime partie de mon parcours, lui explique que j'ai quitté la France pour ne plus être malheureux, que je désire écrire un roman qui se déroulerait à Window Rock et dont les protagonistes seraient des membres de la nation Navajo.

C'est tout ce que j'ai trouvé pour éviter les confidences douloureuses !

 Elle me regarde avec une intensité dérangeante.

Je ne m'attends pas à ce qui va suivre !

Tallulah prend une profonde inspiration, me regarde, ses yeux sont presque noirs et, comme si elle récitait un texte connu par cœur, déclame sa tirade.

— Avant d'accepter de vivre ici, dans cette demeure, je veux que vous sachiez dans quelle maison vous vous apprêtez à pénétrer. Je suis Tallulah, je suis la fille d'une mère Navajo et d'un père Apache Cibecue. Mon père était un Chaman, et il a été l'homme le plus important dans ma vie.

A sa mort, nous sommes venues, mère et moi vivre à Window Rock. J'ai trouvé un emploi au musée et j'ai rencontré l'homme que j'allais épouser.

Nous nous aimions et nous nous sommes mariés.

Puis il s'est mis à boire, nous avions du mal à concevoir un bébé, il est devenu insultant, puis violent.

J'ai demandé et obtenu une procédure d'éloignement. Je voulais me reprendre en main. Mais un soir, il s'est présenté à la porte, des excuses plein la bouche. J'ai refusé de le laisser entrer. Sans plus parler, il m'a poussé à l'intérieur, m'a frappée, assommée et violée alors que j'étais inconsciente. Il a été arrêté, jugé et mis

en prison. Cette petite chose, dit-elle en caressant son ventre, en est le fruit !

Elle a balancé ces phrases, ces mots, sans une once d'émotion, tel un discours maintes et maintes fois répété pour le vider de tout pathos. Mais sa voix déraille légèrement quand elle enchaine :

— C'est un garçon, et il n'est pas responsable. Je vais l'aimer et l'élever comme un Homme.

Dans ma tête je répète son prénom : Tallulah.

—Je peux vous appeler Tallulah ?

Elle me regarde intensément, surprise et choquée !

—C'est mon nom ! Pourquoi m'appeler autrement ?

—Bien sûr ! Pardon. Tallulah.

Note pour moi-même : arrêter de penser à l'européenne !

Pour vivre, je loue une partie de la maison, mais vous serez le premier à l'habiter si vous ne changez pas d'avis.

Sa voix reprend son côté mécanique.

— Aujourd'hui, je suis malheureusement sans ressource alors j'ai trouvé un moyen de gagner ma vie en me prostituant. Je prends de l'argent à des hommes, parfois des femmes, mais je ne me sers que de ma main et de ma bouche. Mais surtout, si ça vous choque, vous pouvez changer d'avis et trouver un autre endroit.

— Non ! Je pense avoir trouvé mon endroit pour vivre.

De nouveau, la voix se ré-humanise.

— Il est logique que je vous prévienne. Ce n'est pas un métier… normal.

— Je ne me permettrai jamais de vous juger. La maman d'un de mes amis d'enfance était prostituée. Je l'aimais beaucoup.

— Il y a une entrée par l'arrière, celle que vous avez empruntée pour arriver. Vous serez complètement indépendant et libre. Si vous désirez manger avec moi, je suis une très bonne cuisinière, prévenez-moi et nous dinerons ensemble. Les repas ne sont pas chers. Bien entendu, vous pouvez aussi passer par l'entrée

principale. Il faut juste vérifier le rideau de gauche. S'il est complètement fermé, c'est que je travaille.

— Alors, je vous conviens ? Je peux avoir la chambre ? Je ne sais pas combien de temps je resterai, mais... je veux, tout de suite payer six mois d'avance... avec les repas... en cash ! Si un jour je dois partir, vous aurez un peu de temps pour voir venir...Et si je reste, dans six mois, je referai la même chose. Dîtes-moi si vous m'acceptez comme locataire.

— Vous n'avez pas une tête de bandit !

— Non, ne vous inquiétez pas.

— Vous avez de jolis yeux, vous avez l'air gentil, vous avez aussi l'air très malheureux ! Mais surtout, vous avez un prénom qui me touche.

Je l'interroge du regard.

— L'homme qui m'a donné la vie. Mon père, son nom...Il s'appelait Tibo !

— C'est vrai ?

— Et le bébé, si j'ai la chance d'avoir un garçon, il portera le nom de son grand-père.

Ma peine laisse la place à de l'espoir. Je suis peut-être arrivé là où je devais me rendre, dans un nouveau chez moi, là où je pourrai me reconstruire.

Nous restons là, à nous dévisager.

— Je n'ai pas encore mangé, vous m'accompagnez ? Pour le premier soir, c'est cadeau, conclut-elle avec un clin d'œil appuyé.

Soudain, l'avant-centre prit le départ.
Le gardien de but, qui portait un pull-over jaune vif,
resta droit et immobile, l'avant-centre
lui tira le ballon dans les mains.

<u>C'est du Peter Handke</u>

Chapitre 28

L'ANGOISSE DU GARDIEN DE BUT AU MOMENT DU PENALTY

C'est encore Margot qui prend les devants.

— Tu as quelque chose de prévu ce soir ou on peut finir la nuit ensemble ?

—Euh... Oui... Non... Je n'ai rien de prévu... La nuit... Oui... Déjà ? T'es sûre ?

— Thibaut, regarde-moi ! Je ne te fais peur quand même ? Tu sais qu'on peut passer la nuit ensemble sans passer par la case

sexe. Regarde-moi, s'il te plait ! Ce que je désire, c'est de passer une bonne soirée, et éventuellement une bonne nuit, même platonique, mais avec toi. On aura même le droit de juste discuter entre adultes consentants !

Je ne comprends rien à ce qui m'arrive, je la regarde avec un air que je suppose interloqué, voire pantois. Elle se lève alors, s'approche de moi, m'embrasse

— J'ai faim, tu sais où aller manger ? demande-t'elle.

— Indien, ça te convient ?

— Je te fais confiance. C'est loin de chez toi ?

— Non, juste en bas ! Pourquoi ?

— Parce qu'après avoir mangé épicé… Je pourrais avoir quand-même envie de faire un peu l'amour avec toi.

Elle rit de sa blague, cette fille transpire le bonheur, malgré…
Je vais trop vite !

— Euh, oui… Avec plaisir, mais euh …

— Ne t'inquiètes pas, je gère la logistique !

Elle a trop d'expérience, elle est trop sûre d'elle, je vais perdre mes moyens, ça va être une catastrophe alors que je suis déjà fou d'elle, fou amoureux !

Il faut que je trouve un moyen de reculer l'échéance.

Et comme si elle avait saisi mes pensées.

— Ne cherche surtout pas à reculer l'échéance, nous sommes grands ! S'il doit se passer des choses, ça se passera. C'est tellement évident nous deux ! Dis-moi, Thibaut, est-ce que tu m'apprécies un peu ?

Je prends une grande inspiration, je saute dans le vide en omettant de réfléchir comme ça ne m'est pas arrivé depuis une éternité et je lui déclare dans un souffle :

— Tu as quelque chose de prévu pour les prochaines années où on peut passer notre vie ensemble ?

— Tu n'as pas répondu à ma question.

Elle non plus !

—Tu veux bien me répondre, le dire ? Est-ce que tu m'apprécies un peu ?

— Je t'aime, Margot.

Puis plus fort, très fort

— Je t'aiiiiiiiiime !

—Alors ma réponse est ouiiiiiiiiiii !

A la sortie du restaurant, elle me demande si j'habite si près que je l'ai dit, je lui montre alors un balcon, sur l'immeuble juste en face, au troisième étage.

— Tu plaisantes ? Tu vis là ?

Nous pénétrons dans l'immeuble, avalons les trois étages, et avant d'ouvrir, j'ai lui prends les mains.

— Margot, si tu ne trouves pas le Boulevard Saint Germain trop pourri, tu pourrais t'installer très vite !

— Oh toi, je vais t'aimer !

La nuit.

Puis…

Le matin.

J'ai ouvert les yeux, je n'ose pas regarder l'autre côté du lit. Je sens bien que la place est vide. Tant pis, j'avais espéré, j'y avais cru, elle n'a pas aimé, bon retour dans ma vie de merde.

Je vais pour me rendormir et reprendre ma morne existence quand j'entends chanter

Je me lève et me dirige vers l'endroit où ça vocalise, je suis sur le chemin de la cuisine, j'ai si hâte de la retrouver que j'en oublie ma nudité triomphante matinale.

Margot prépare du café, dans une tenue similaire à la mienne.

Elle me regarde débarquer dans ma cuisine, écarquille les yeux :

— Tu as une si grosse envie de café ?

Elle sourit… m'offre de nouveau cette petite moue, qui m'a fait chavirer hier.

Je me précipite et la prend dans mes bras !

— Dis donc, « le garçon qui sourit sans ouvrir la bouche », tu n'aurais pas regagné de la confiance en toi ? s'enquiert-elle.

— Tu m'as révélé, « la fille au sourire en biais en haut à gauche sur la photo ».

— On ne se quitte plus ? demande-t-elle.

— Pour moi, c'est une évidence… Mais toi ?

— Je suis prête à en parler tout à l'heure ! Mais avant, on devrait profiter de notre état !

Alors, comme une évidence nous courons vers la chambre et sautons sur le lit, prêts à le faire exploser !

J'ai la mémoire qui flanche

J'me souviens plus très bien

Voilà qu'après toutes ces nuits blanches

Il ne me reste plus rien

Moreau et Rezvani

Chapitre 29

WINDOW ROCK MEMORIES

Dites, les gens ? Y'a quelqu'un ? J'ai l'impression qu'il faudrait qu'on change ma poche de perfusion, les anti-douleurs ne font plus effet !

Alors mes idées ne sont plus aussi claires.

Mais, peut-être bien que… est-ce que ça vient vraiment de là ?

Pour moi, Window Rock, c'est un trou dans une montagne, une statue de soldat, une maison dans laquelle je vis, un zoo, un hôpital, un commissariat et un bar.

C'est aussi une femme enceinte chez qui je vis, une petite fille qui m'a conduit chez la femme enceinte, et Dominique, le directeur québécois du Navajo Nation Zoo and Botanical Park. Les rues, les magasins, la vie de là-bas... Je ne sais pas, je ne sais plus !

Mes idées ne sont plus vraiment claires.

J'y ai gagné un nouveau prénom : Tibo !

J'y ai passé du temps, mais combien de temps?

J'y ai passé du bon temps, puis ça s'est bloqué !

Je m'étais installé chez Tallulah, et j'y étais bien.

Je voulais faire quelque chose, puisque je n'avais aucun roman à écrire !

Mais il fallait que je bosse sans être déclaré, parce que sans green card... il me fallait être payé au black.

Qui m'a parlé du zoo ? Je me souviens que c'est Doli, qui à ma demande, m'y a accompagné.

— C'est là, Tibo ! Je vais dire à Dominique que tu es arrivé !

Elle n'a pas dix ans et s'occupe de moi. Ma Doli !

Un grand barbu sort du bureau, sourire aux lèvres

— Ah, v'là le Français qui fait jaser !

Oh ! Cet accent québécois ! Ces expressions ! Toi, je ne veux pas déformer ce que tu diras !

Dominique m'a fait visiter le zoo, il n'y avait que des animaux du coin, une cinquantaine d'espèces.

Je ne me souviens pas de toutes.

J'aimais les ours noirs, les lynx, les monstres de Gila, les loups gris mexicains…

Je ne me souviens pas de tous.

J'ai été embauché comme guide bénévole, les pourboires étaient pour moi.

Je n'en avais pas besoin, mais ça m'allait !

On est devenus très potes avec Dominique, il me faisait rire, il avait beau parler français, je ne comprenais qu'un tiers de ce qu'il disait.

Et j'adorais ça !

Aah !

Merci pour le changement de poche, la morphine, ou quel que soit le produit qu'ils m'injectent me fait du bien.

Je suis ici, à Window Rock depuis quatre mois, je me partage entre la maison, le zoo… et le saloon El Rancho, quand les rideaux de Tallulah sont tirés !

Je préfère éviter la maison quand elle travaille !

On est parti tous les deux

Pour une drôle de vie

On est toujours amoureux

Et on fait ce qu'on a envie

Véronique Sanson, la Grande

Chapitre 30

LA BELLE VIE

La vie avec Margot coule comme une source qui charrie le bonheur.

Mais il faut que je vous raconte un peu de son histoire :

« La petite fille au sourire en biais en haut à gauche sur la photo » vivait dans les beaux-quartiers de la ville. Elle était dans ma classe. Et je ne sais rien d'elle, ni de ses parents à cette époque.

Un soir de Saint Valentin, les parents de Margot avaient passé la soirée dans le meilleur restaurant de couscous de la ville, à manger le meilleur couscous de France sur l'échelle de Moi-même.

Tequila Sunrise + Sidi-Brahim + Get 27= Cocktail trop explosif.

Ils ont repris la voiture…

Margot avait dix ans, et n'avait plus ses parents !

Elle a grandi avec son oncle et sa tante, Eddie et Amanda. Lui, c'était le frère de sa mère. Elle a finalement eu une enfance plutôt heureuse, passé le bac sans encombre puis elle est partie.

Elle avait de l'argent, elle est partie voyager, profiter de la vie, se faire de l'expérience, des expériences.

Elle a, très vite, décidé de tourner le dos au malheur et de profiter au maximum.

La liste des pays qu'elle a visité serait trop longue…

La liste des hommes qu'elle a connus serait trop douloureuse…

Au bout de quelques années, il lui semblait avoir fait le tour de son monde et de son deuil.

Il lui est resté tout un tas de visas sur le passeport et un tatouage incroyable sur tout le dos.

Et surtout, une grande envie de faire des études supérieures.

Il se trouve qu'on a eu la même idée, à la même époque.

La suite, on la connait !

Au moment où je raconte, ça fait trois semaines qu'on vit ensemble dans l'harmonie, l'humour et l'amour.

J'ai laissé tomber la fac, les études n'étant décidément pas pour moi, et je me consacre à temps plein à mon métier. Margot, elle, a continué.

Nous vivons ensemble, boulevard saint-Germain, nous faisons de grands projets.

Souvent, parfois pour rire, quelquefois sérieusement nous parlons d'enfants, de vie à la campagne, de rendre une visite à deux bergers que je connais bien dans les Pyrénées, elle veut me

faire rencontrer Amanda et Eddie, on rêve de se laisser enfermer une nuit dans le jardin du Luxembourg…

Et même de chanter ensemble…

Sauf que Maelle chante très très mal ! Et c'est très très con parce qu'elle adore chanter !

Pour l'instant, je l'attends !

Elle est partie avec Amanda et Eddie pour un mariage. Selon l'heure de leur retour, s'il n'est pas trop tard, Amanda et Eddie monteront me rencontrer. Et j'ai hâte de les connaître ! J'ai préparé des petites choses à grignoter, les boissons sont au frais. Ils n'ont plus qu'à pousser la porte.

Le téléphone sonne et Margot m'apprends qu'ils viennent de faire le plein et qu'ils seront là dans trois heures, environ !

C'est la fête de trop

Moi je l'ai faite, défaite

Et ça jusqu'au fiasco

Eddy de Pretto

Chapitre 31

BACKROOM

On en a passé des soirées à prendre du bon temps tous les deux. Ce soir encore, je rejoins « mon patron » à El Rancho.

— Tire-toi une buche et prend un breuvage, le cocktail du jour est pas pire!

J'avais avisé Gad et commandé une bière.

— Je ne reste pas longtemps, avertis-je Dominique, comme tu dirais, je cogne des clous!

— C'est OK! J'voudrais pas qu'demain t'ais les yeux dans la graisse de bines, on a un gros job dans l'enclos des loups.

Et comme d'habitude de phrases incompréhensibles en moments de fou-rires, la fatigue a disparu.

— Dis-moi Thibaut, t'es beau gosse pi t'as d'l'humour, pourquoi t'es point gay?

Qu'est-ce qu'il me raconte?

Qu'est-ce qu'il lui prend?

A quel moment s'est-il décidé que sa main se poserait sur ma cuisse ?

Pourquoi, sans un mouvement de recul, j'ai laissé cette main, là où elle était ?

Pourquoi, je ne me sentais plus moi-même ?

Pourquoi j'ai lâché prise ?

Et pourquoi, je grossissais tellement que je pensais que ma queue allait faire exploser mon jean ?

Mais…

Surtout, je voulais qu'il continue et remonte sa main.

J'avais tellement le regard dans le vide que j'ai été surpris quand je me suis aperçu qu'il me regardait droit dans les yeux, il a tendu sa main, a attrapé ma nuque. J'ai oublié de résister et il a posé sa bouche sur la mienne, a glissé sa langue entre mes lèvres pour trouver la mienne, et tranquillement, il a remonté sa main en la glissant entre mes cuisses.

—Viens, je t'emmène dans les backrooms.

Les backrooms, dans ce bar, c'étaient les toilettes. Il m'y a emmené, me guidant, une main sur le haut du dos, l'autre, qui, manquant de me faire tomber à chaque pas, me caressait la fesse droite.

J'ai perdu tout filtre, on s'est bouffé la gueule en poussant la porte.

Pardon mais ce ne sont pas juste des toilettes, c'est la Suite Royale des chiottes, le Ritz du petit coin. Nous serions quatre, nous aurions encore de la place !

Et alors que je me sentais gauche, lui, il n'a eu aucun problème pour me débarrasser de « mes pants », comme il dirait, glisser sa main dans mon boxer et me caresser avec application. Tout

en ayant peur d'exploser, je l'ai touché à mon tour, il était très dur ! Et très imposant !

Il s'est échappé de ma main, m'a délesté de mon boxer et m'a pris dans sa bouche. Ma tête en a tapé contre le mur. Une main s'est promenée sur mes fesses, un doigt s'est insinué dans le sillon jusqu'à ce qu'il me pénètre.

Non !

J'ai eu un mouvement de recul !

J'ai eu besoin de fuir.

—Pardon, je suis désolé.

J'ai murmuré ça en m'esquivant. J'ai eu peur.

—S'il te plait ne m'en veux pas, ai-je ajouté.

Et comme le mec bien qu'il sera toujours, il m'a lancé avec un clin d'œil,

—A demain Bro, on a une grosse journée !

—Oui. A demain !

J'ai dit ça sans même oser le regarder, en me rhabillant à la va-vite, tellement honteux d'avoir réagi comme je l'avais fait.

Mais ce n'était pas… Je ne sais pas !

En repassant par le bar, j'ai posé deux billets devant nos verres, et je me suis sauvé.

J'ai couru, et suis arrivé, à bout de souffle, devant la maison !

Les rideaux étant tirés, alors je suis passé, ironie du sort, par la porte de derrière!

Au moment où je referme la porte, j'entends les rideaux qui s'ouvrent.

Soulagé de ne pas avoir à rester seul, je suis allé rejoindre Tallulah. Elle a compris que je n'étais pas au mieux.

— Tout va bien?

J'ai essayé de lui raconter la soirée, ce fut difficile, elle me regardait en souriant et en me servant du thé. Puis elle a, avec sa sagesse Navajo, déclaré

— Tu as passé un bon moment, tu aurais voulu que ça dure, puis tu as eu peur et finalement tu as dit non.

— C'est ça!

— Ton histoire est d'une grande banalité, de nombreuses femmes pourraient la raconter.

— C'est vrai ! Mais j'ai vraiment été excité tu sais ?

— Et tant mieux ! Ce n'est pas grave, au contraire !

Et avec un clin d'œil,

— Tu veux que je t'aide à te calmer ? Je suis sympa, je te ferai un prix !

— C'est gentil, tu m'as bien aidé déjà !

Débarrassé de ma culpabilité, j'ai regagné ma chambre, me suis déshabillé, me suis glissé sous les draps et tranquillement, sans gêne, sans honte, en pensant à cette soirée, je me suis fait jouir.

La tête posée sur l'oreiller

Les yeux rivés sur l'combiné

J'écoute le téléphone muet

J'attends juste d'entendre sonner

<u>François Baillergeau, l'attente</u>

Chapitre 32

LA CHUTE

Les trois heures sont passées !

J'attends le dernier coup de fil, celui qui me signifiera que je peux me préparer à retrouver mon amour et rencontrer les deux personnes qui ont fait d'elle la femme que j'aime.

Pour passer le temps, je prends ma guitare et j'essaie d'écrire une chanson. Le thème de l'attente m'est venu assez facilement. Mais, j'ai du mal à me concentrer.

Petit, quand mes parents ne rentraient pas à l'heure, je m'inquiétais.

Si l'attente se prolongeait, je m'angoissais.

Je me mettais à la fenêtre, guettant les voitures, leurs phares lorsque la nuit était tombée.

Je pleurais, je m'étouffais, je me faisais mal.

Et mes parents sont toujours rentrés !

Maintenant que je suis adulte, je sais bien que ce n'est pas la peine que je m'inquiète, que je m'angoisse, que je pleure, que je m'étouffe, que je me fasse mal puisque Margot va arriver.

Et puis une cabine téléphonique qui fonctionne, ce n'est pas évident à trouver.

M'étant auto-rassuré, je reprends l'écriture de la chanson, la mélodie m'est venue assez facilement. Je n'ai plus qu'à chercher les accords. C'est que je ne suis pas un musicien, ça me demande du travail, et ça fait passer le temps.

J'ai terminé la chanson, elle parle d'un garçon qui attend un coup de fil. Chaque couplet raconte une étape différente de cette attente. Ce ne sera jamais un tube, mais j'en suis assez content. Je prends le temps de passer du brouillon (au crayon à papier) à la version définitive (au Bic quatre couleurs), et enfin la sonnerie du téléphone me ramène à la réalité, à l'arrivée imminente de mes invités.

Esquissant un petit pas de danse, je me dirige vers le téléphone, et d'une voix enjouée, je lance en décrochant

— C'est à quel sujet ?

— Bonsoir Monsieur, pouvez-vous me confirmer que vous vous prénommez Thibaut ?

— Bien sûr, c'est moi.

— Pardonnez-moi de vous déranger, je suis le brigadier Mortensen, de la gendarmerie de Moulins, j'ai peur d'avoir une très mauvaise nouvelle…

— Non !

J'ai raccroché !

Et ce fût le noir !

Et ce fût la fin !

Il y eut une nuit !

Jamais de matin !

On a des mots pour dire une peine légère.

Mais les grandes douleurs ne savent que se taire

<u>Sénèque</u>

Chapitre 33

LE NEANT

Expliquer, comprendre, justifier le vide ? Non !

Chapitre suivant.

Seulement cette voix maintenant

Semblait n'être plus qu'un souffle

La mort d'Eponine, mon personnage préféré

Chapitre 34

POVEJO TALLULAH

Ce soir, j'aurais pris un Moscow Mule quand Dominique serait resté fidèle à son Bourbon sec.

Deux semaines se sont déroulées depuis l'aventure « backroom ».

Lorsque nous nous étions retrouvés, le lendemain au boulot, j'étais un peu, beaucoup, extrêmement gêné. Lui, égal à lui-même, m'avait gentiment tapé sur l'épaule

— Dis, bro ! On a quand même passé une bonne soirée ?

— Tu m'en veux ?

— Tu aurais préféré que j'insiste ? Que je te force ? Que je te viole ?

— Ce n'est pas ce que je veux dire !

— Je t'ai dragué, on s'est embrassé, on a flirté, on s'est caressés et tu as décidé que ça s'arrêterait là.

— Oui, pardon !

— Toi qui n'est pas gay, ça ne t'est jamais arrivé avec une fille ?

— De vouloir s'arrêter aux préliminaires ?

— Oui !!!

— Ben si !

— Et tu leur en as voulu ?

—Ben non !

— Alors on se met au boulot Bro ?

Je m'étais jeté dans ses bras et l'avais serré avec une force dont je ne m'imaginais pas capable.

— Je t'aime, frérot !

Ce soir, comme très souvent, à la fermeture du parc zoologique, Dominique m'a proposé d'aller prendre un drink.

J'aurais pris un Moscow Mule quand Dominique serait resté fidèle à son Bourbon sec.

Je ne sais pas pourquoi, là, tout de suite, comme un signal d'alarme, quelque chose m'a poussé à rentrer à la maison. Je ne le comprendrai jamais !

— Je rentre, j'embrasse Tallulah, je prends une douche… Pas forcément dans ce sens-là, et je te rejoins.

— OK, on boira un verre et tu viendras à la maison, je te ferai une super poutine ! promet Dominique

— J'ai la trouille de ce que ça peut-être la poutine, mais j'aime le danger ! A quelle heure ?

— Rejoins-moi à El Rancho quand tu es prêt.

— A El Rancho ! Ca marche.

En rentrant vers la maison, j'avais une folle envie de demander à Tallulah de se joindre à nous. Elle connaissait Dom et l'aimait bien.

J'aurais bien voulu que ce soir, les deux personnes qui comptaient le plus…

Pardon !

Je voulais que, hormis Doli, les deux personnes qui comptaient le plus passent la soirée avec moi.

Et puis s'il y a de la poutine pour deux, il y en a bien pour trois !

La porte qui donne sur la rue est ouverte !

La porte qui donne sur la rue ne reste jamais ouverte !

Je cours, moi qui ne cours jamais !

J'appelle, je crie en pénétrant chez nous !

Tallulah ne répond pas !

Tallulah est couchée au sol, démantibulée !

Tallulah est rouge de sang et bleue de visage !

Tallulah ne parle pas, ne pleure pas, elle râle !

Tallulah a été sauvagement agressée !

J'appelle El Rancho, je veux parler à Dominique, je lui crie de venir !

Il ne pose aucune question, il vient !

Je suis prostré près du corps inerte de mon amie, peut-être en état de choc, je ne sais pas !

C'est trop !

Dominique prend les choses en mains. Dans un épais brouillard, je le vois s'affairer ; appeler la police ;les flics débarquent ; les secours prennent Tallulah en charge ; je vois partir le brancard ; Dominique vient me serre contre lui et je plonge dans le néant.

Ils sont venus,

Ils sont tous là !

Le Grand Charles

Chapitre 35

IN MEMORIAM

Je suis planté là, au milieu de l'allée, tu es là, tu me regardes et tu souris. Alors en retour, j'esquisse un semblant de sourire, mais le cœur n'y est vraiment pas. Je regarde aussi les portraits d'Amanda et Eddie, posés sur leurs cercueils respectifs, je les vois pour la première et dernière fois.

On devait vous aimait tellement, il y a des fleurs partout !

Je ne pleure plus, je crois que je ne pleurerai plus jamais.

Plus jamais je n'aurai de malheur plus grand que celui de t'avoir perdue.

Quand je suis arrivé, tout le monde a été très gentil avec moi, un monsieur aux cheveux blancs m'a remercié de t'avoir rendue heureuse, puis il m'a serré fort la main. Tu vois de qui je parle ?

Il avait des lunettes bleues !

Je les ai écoutés parler avant d'entrer dans l'église :

— C'est l'histoire qui se répète !

— On n'aurait jamais dû les laisser partir.

— Il y avait ce qu'il fallait pour qu'ils dorment sur place.

— C'est tellement triste ! Tellement triste !

— La pauvre Margot qui avait la vie devant elle...

— Eddie et Amanda qui l'avaient pris sous leurs ailes...

— La vie est injuste !

Puis en me désignant,

— Taisez-vous, vous allez lui faire de la peine.

Comment il s'appelle déjà ?

Ce flot de paroles vides m'a poussé à me retrancher dans l'église. A me planter devant toi. Comme si je voulais prendre racine près de toi.

Tu as vu ? J'ai loué un costume noir. Parce que tu le mérites ! Un costume noir, une chemise noire, une cravate noire, des chaussures noires...

Tu me vois venir ? Je te connais, tu attends la connerie... Alors je ne te décevrai pas !

Pour les chaussettes noires, il me restait un vieux 45 tours, *Daniela*.

Je sais que tu ris ! Moi je n'y arrive plus !

Même si je ne pleure plus, ma vie n'est désormais que tristesse et désespoir. Je ne t'en veux pas, je vais juste devoir me re-fabriquer. Et je n'étais déjà pas bien costaud avant de te rencontrer !

Je pose ma main sur ton cercueil mon Amour, peut-être que ça ne se fait pas, peut-être que je n'ai pas le droit, j'en ai besoin ! Je

me dis que je pourrais éventuellement te re-sentir ou te ressentir. Rien ne se passe !

Au moment où je retire ma main de ton cercueil, une autre se pose sur mon épaule.

— Tu es l'amoureux de Margot ?

Je regarde la personne qui m'a parlé, c'est un prêtre, le prêtre peut-être !

Merci de ne pas avoir utilisé le passé.

— Oui, elle a été la femme de ma vie pendant trois semaines, mon… comment dois-je vous appeler ? Mon Père ?

— On doit être sensiblement du même âge. Appelle-moi mon frère, mon frère. Ou simplement Paul !

Je souris,

— Comme l'apôtre !

— Il va falloir réviser ton catéchisme…

— Thibaut.

— Il va falloir réviser ton catéchisme Thibaut, Paul n'étais pas un des apôtres !

— Ah ! m'étonné-je.

— Tu as fait une autre erreur Thibaut, Margot n'a pas été la femme de ta vie. Elle l'est, encore, pour toujours. Elle fait partie de ton Histoire, même si tu rencontres un jour, ce que je te souhaite, une autre femme qui comptera.

Je regarde le père Paul intensément. Je lui offre un vrai sourire.

Tu es la femme de ma vie Margot, pour la vie.

Je regarde Paul,

— Je peux reposer ma main sur le cercueil, pour lui dire aurevoir ?

— Certains embrassent le cercueil mon frère.

Alors moi, je me suis penché et je t'ai fait un immense câlin.

Sauf qu'il n'y a pas eu de funérailles pour moi.

Personne chez toi, ne me connaissais, personne chez moi, ne te connaissais.

Je n'ai même pas eu le cœur de prévenir Julien, le seul qui t'ai rencontré.

Mon deuil, parce que j'ai raccroché au nez du flic qui m'a appelé, et parce que nous mous auto-suffisions, sera compliqué à faire.

Et c'est tant mieux !

Parce que moi, je ne veux jamais faire le deuil de Toi, Margot, mon Amour.

Mais il y a l'inacceptable

Qui vient tout bousculer

Une erreur de là-haut

Qu'on a pas demandé

C'est dans Les dix commandements

Chapitre 36

EN PLEIN VOL, FOUDROYEE

La maison sans ma chère logeuse, ma chère amie, ne ressemble plus à une maison. Je passe plus de temps que je ne devrais au parc zoologique. Dominique, mon frère, s'occupe de moi. Je vais, dès que je le peux, voir Tallulah au Fort Defiance indian hospital. Ou alors je vais m'enquérir des avancements de l'enquête sur l'agression, les flics d'ici m'ont à la bonne.

Tallulah, lors de son agression, a perdu le bébé qu'elle portait. Elle est inconsolable. Je n'essaie même pas de trouver les mots. Moi aussi j'aurais aimé qu'on m'aide à pleurer !

Alors je passe du temps avec elle et je lui tiens la main.

Ce matin, au commissariat, le Capitaine Scoffield m'accueille avec un grand sourire. Et pour cause… Ils ont retrouvé les agresseurs. Ce sont deux ex-taulards mandatés par le mari de mon amie pour lui « donner une leçon ».

Je ne suis pas certain qu'il faille en parler à Tallulah, elle pourrait avoir du mal à supporter cette nouvelle après la perte du bébé. Je m'en ouvre à Scoffield.

— J'ai déjà envoyé notre psychologue pour lui annoncer la nouvelle, me répond-t-il.

Je quitte immédiatement les lieux en courant pour me rendre à l'hôpital quand une voiture pile près de moi. C'est Chayton, le père de Doli, qui est au volant, c'est un type bien, on se voit

parfois à El Rancho, je pense même que Dominique lui jouerait bien Backroom.

Malgré mes explications approximatives, il me conduit à destination.

Je saute de la voiture et, délaissant l'ascenseur, je grimpe quatre à quatre les marches jusqu'au troisième étage. Je veux être là pour Tallulah !

J'ouvre la porte à la volée, le lit est vide, la porte de la salle de bain est fermée.

Je respire, ressors et cherche quelqu'un qui puisse me renseigner sur l'éventuelle visite d'un psy de la police.

Je croise Jennyfer, mon infirmière préférée parmi toutes les personnes qui s'occupent de Celle qui m'a réparé, elle me répond que la psy est bien passée et repartie.

Je lui demande alors de m'accompagner jusqu'à la chambre 354. Le lit est toujours vide, la porte de la salle de bain, toujours fermée. Jennyfer sort son pass, ouvre la porte et se fige, un

instant avant de hurler, elle ne cherche même pas à me repousser.

Je vois Tallulah !

Tallulah est à genoux !

Tallulah est à genoux, penchée en avant !

Tallulah est à genoux, penchée en avant, la tête de côté !

Tallulah est à genoux, penchée en avant, la tête de côté, la ceinture de son peignoir fait le tour de son cou !

L'autre bout de la ceinture est accroché à la barre d'appui des toilettes.

Jennyfer appuie sur le bouton de l'alarme et je m'effondre.

J'voudrais lui parler

Trouver les mots

Michel Delpech est le taxi-driver de ma vie

Chapitre 37

LOIN D'ICI, LOIN DE MA VIE

J'ai accroché un mot à la porte de l'appartement. Si ma disparition intéresse un jour quelqu'un, j'espère que la personne aura l'idée de venir fouiner ici, trouvera mon message et le partagera !

« Je pars, je ne sais pas encore où ! Et même si j'en avais la moindre idée, je ne vous le dirai pas !

Ne cherchez pas d'indice dans cette lettre, il n'y en a pas, parce que je ne veux pas qu'on me trouve. Je pars

Un grand malheur vient d'arriver ! Un grand malheur dont je ne parlerai pas.

Aujourd'hui, je n'ai plus rien à quoi m'accrocher !

Je reviendrai sûrement, un jour ! Mais je vais avoir besoin de temps.

Besoin de laisser se tarir mes glandes lacrymales.

Maman, Papa, Soeurette, je vous aime.

Vous n'êtes pour rien dans ce départ !

Le jour où je serai prêt, vous serez les premiers à connaître les raisons de ma fugue.

Les amis, les copains, les connaissances… Laissez-moi là où je suis ! Un jour, peut-être, je raconterai, je vous raconterai. Ou pas !

Je vais très mal, mais je n'aurai pas de geste désespéré, promis.

Je vous embrasse et vous demande pardon de partir, comme ça.

Thibaut »

Je finissais de scotcher l'enveloppe contenant ma missive à la porte quand Virginie, ma voisine, de retour d'un séjour d'un

mois au Vietnam, a décidé de rentrer chez elle. On s'est embrassé puis je l'ai gratifié du sourire le plus triste de l'histoire du monde avant de la supplier

—S'il te plait, ne me pose pas de question, laisse-moi quinze jours, puis partage cette lettre avec nos connaissances communes. Elle fera son chemin.

—Mais qu'…

—S'il te plait, ne dis rien, laisse-moi partir, Lis la lettre ! Elle se suffit à elle-même. Je t'aime beaucoup, je te fais confiance. Quinze jours, laisse-moi quinze jours.

— Tu ne vas pas faire une bêtise ?

Je l'ai serrée fort dans mes bras pour tenter de la rassurer !

— Non, je ne ferais pas de bêtises.

Et j'ai serré un peu plus fort encore, peut-être trop longtemps.

Je voulais être sûr qu'elle comprenne que je ne fuyais pas ma vie, mais mon malheur !

— Tu me laisses bien deux semaines ?

— C'est promis !

J'avise la file de taxis en bas de l'immeuble, le premier est noir, ça me va.

Mon taxi driver est une taxi driver.

J'ai eu du mal à répondre à sa question concernant notre destination.

Puis…

— A la gare Montparnasse !

Je la vois me regarder dans le rétroviseur, je pense que les chauffeurs de taxi, regardent plus leurs clients que la route. En même temps, moi, je pleure…

— Vous fuyez quelque-chose, monsieur ?

— Je cherche où fuir, surtout !

Je saisis, à cet instant, que la vie me pousse vers Perros-Guirec.

Le Dr Strauss dit que je devrez écrire tout ce que je pense et que je me rapèle de tout ce qui marive à partir de mintenan.

Incipit par Charlie du roman Des fleurs pour Algernon

Chapitre 38
DANS LE COALTAR

Ma vie se mélange dans le ciboulot.

Je pars d'un endroit, j'en quitte un autre, et tout s'entremêle.

Je pense à ma vie et je la passe au shaker qu'est devenue ma tête depuis l'accident.

Depuis quand déjà ? C'était quand cet accident de voiture ? Elle va comment Maelle ?

J'entends ce qui se dit autour de moi, même si je ne comprends pas toujours tout ce que j'entends.

Ils ne parlent jamais d'elle.

Je crois que je ne remarcherai jamais, que mes jambes sont fichues. J'ai compris ça.

Je ne sais pas quoi en penser. Si ça se trouve, je ne me réveillerai jamais, non plus ! Alors, que je meure avec ou sans mes jambes… Si je m'en vais, j'espère qu'il y aura quand même des trucs à prélever sur moi. Que ça n'ait pas servi à rien.

Maelle est morte, c'est vrai ! Je me souviens. Maelle est morte, elle aussi. Ma vie est marquée par la mort.

Mais il y a toujours un truc qui m'échappe quand je pense à ce qui s'est passé. Une pièce manque au puzzle :

Romy et Violette, je ne les ai jamais entendues, elles ne sont jamais venues me voir. Je peux le comprendre : Romy m'en veut forcément à mort. C'est normal après ce que j'ai fait. Je l'assume, je suis malheureux mais je l'accepte.

Depuis combien de temps suis-je dans ce lit ?

Combien de jours, combien de semaines, combien de moi ?

Que dire d'une fille de vingt-cinq ans quand elle est morte ?

Qu'elle était belle et terriblement intelligente.

Qu'elle aimait Bach, Mozart et les Beatles et moi.

<u>Les mots d'Erich Segal et la musique de Francis Lai</u>

Chapitre 39

MARGOT'S TRIBUTE

Que dire de la femme qu'on a aimé quand elle est partie ?

Que dire de Margot ?

Que dire d'une femme avec qui on a vécu trois semaines d'une intensité folle, si folle qu'il semblait qu'on vivait ensemble depuis le commencement du monde ?

Que dire de la femme qui m'a réparé, avant, malgré elle, de me recasser ?

Margot était comme la Margot de Brassens, naturelle, simple, évidente…

Le chat a faim ? Je le nourris au sein.

Les autres me regardent ? Grand bien leur fasse.

Mon homme n'est pas sûr de lui ? Je le serai pour nous deux !

Mon homme n'est toujours pas sûr de lui ? Je l'aimerai pour qu'il le devienne.

J'ai eu des aventures avant toi ? Je ne m'en excuse pas et c'est toi, mon amour qui en profite aujourd'hui, parce que, pour la première fois, j'aime ! Et c'est toi que j'aime !

Margot, Ma Margot !

Margot, une histoire qui aura duré le temps d'un amour de vacances. Des vacances qui auraient dû être pour la vie. C'était sans compter sur la route du retour.

Tu… non… nous voulions un chat, puis des enfants, puis une maison avec un jardin, et garder l'appartement parisien parce qu'il servira toujours. Nous allions avoir une profession épanouissante, mannequin pour moi, écrivaine pour toi.

Margot avait un réel talent pour raconter des vies, pour réinventer ses vies, elle écrivait des textes incroyables de gaieté, de vécu et de mélancolie. Elle rêvait de roman.

J'écrivais, depuis tout petit, des textes de deux ou trois pages qui me semblaient plutôt cools, et je rêvais de pouvoir, un jour écrire un roman.

Nous nous étions promis de nous pousser, nous tirer l'un l'autre, de nous motiver et de nous laisser du temps pour arriver à notre but.

Tu me laisse trop, beaucoup trop de temps. Toi, tu n'en as pas eu. C'est grave, c'était toi qui possédais le talent pour écrire !

Que dire de la femme qu'on a aimé quand elle est partie ?

Que je la garderai pour moi, que je ne parlerai jamais d'elle, que nous serons amants au-delà de la mort !

Et un jour, peut-être, pourquoi pas, en hommage, je pourrai la faire revivre !

Dans ton histoire

Garde en mémoire

Notre au-revoir

Puisque tu pars

Jean-Jacques Goldman for ever

Chapitre 40

SAGESSE NAVAJO

J'ai refermé la porte, vérifié que, derrière la fenêtre, les rideaux étaient bien ouverts. Le centre-ville et sa station de taxis m'attendent. Je vais devoir passer devant El Rancho, mais à cette heure-ci, je ne risque pas d'être repéré. Je n'aurai pas le cœur de dire adieu à mes frangins de tequila, bière, bourbon et autres Moscow mule. Je remonte ma capuche pour me dissimuler maladroitement, je jette néanmoins un œil vers le saloon, juste un instant.

— Tu ne vas pas partir sans me dire au revoir ?

Piégé ! Je me retourne en baissant les yeux.

— Non ma Doli, bien sûr que non ! En tout cas plus maintenant !

Puis je relève le regard pour le poser sur mes deux frangins, Dominique et Shayon.

— Il aurait été plus facile de me laisser partir !

— Qui te dit qu'on avait envie de facilité ? me lance Dominique.

— Viens, me dit Chayton, on t'emmène à l'aéroport. J'ai des choses à t'apprendre, je voudrais que tu partes en paix.

Dominique est au volant, Chayton à ses côtés. A l'arrière, Doli ne me lâche pas la main.

— Faut pas que tu pleures Tibo, Tallulah, elle va revenir ! Et puis, celle pour qui tu pleurais… aussi !

— Ce que veut dire ma fille, c'est que chez les Navajos, la mort est une renaissance. C'est une vie après la vie. Pour faire le deuil, nous pratiquons un rite : le jeûne de quatre jours et la

méditation. Ce jeûne nous provoque des visions de vies antérieures et futures et nous nous coupons du monde extérieur. La mort, Tibo, n'est pas une peine mais un moment de fête. Et pour quelqu'un comme toi, la mort de Tallulah et d'une vie amère sera remplacée par une autre, humaine, animale ou végétale.

— Je comprends que ça marche pour Tallulah, mais...

— Je ne prétends pas connaître ta peine, Tibo. Je voulais juste te proposer de penser en Navajo.

La route a eu raison de Doli qui s'est endormie contre moi. Je la regarde intensément, en pensant aux paroles de mon ami. Je me vois, plus tard, avec une fillette endormie contre moi , comme Doli contre moi.

C'est vrai que je n'ai pas mangé durant ces dernières heures. Les visions arriveraient déjà ?

Mes amis m'embrassent comme s'ils me voyaient pour la dernière fois.

Forcément !

Doli pleure. Doli, mon « oiseau bleu », comme le rappelle son prénom.

— Si j'ai un jour une fille, je souhaite qu'elle te ressemble.

— Mais tu reviendras ?

— Je ne sais pas !

Je vois qu'ils ont compris le « non » dans ma réponse. Je souris tristement.

— Vous êtes dans mon histoire, vous êtes dans ma vie.

J'ai attrapé mon sac, tourné le dos après un dernier clin d'œil à Doli.

Et je suis parti…

Ça m'est tombé dessus dans l'avion !

Margot n'aurait jamais voulu que tout s'arrête pour moi, que je laisse tomber.

Je vais rentrer, changer de vie, peut-être, sûrement. Je ne l'oublierai jamais, elle aura toujours sa place. Partout.

La mort est une renaissance, m'a appris Chayton. Alors il est temps pour moi aussi de renaître.

Vingt ans après, ils courent,

chevauchent et ferraillent toujours,

sur les routes de France ou d'Angleterre.

Il faudra que je lise un jour la suite des *Trois Mousquetaires*

Chapitre 41

L'ELLIPSE DU SIECLE

Une quinzaine d'années après...

Le monde a changé de siècle, j'ai changé ma vie.

J'ai fait abstraction de mon malheur.

Personne n'est là, près de moi, pour me rappeler ma jeunesse.

Je n'ai jamais parlé de mes deuils.

Mes parents ont quitté les Pyrénées pour bien ailleurs, plus loin, plus haut. Ensemble, comme ils ont vécu, en paix comme ils le voulaient.

Ma sœur est peut-être en Australie, au Japon, en Argentine, à Nogent-le Rotrou ou sur la lune. J'ai un peu de retard sur son trajet de vie. Elle ne voyage que pour vivre, elle.

Je suis rentré de ma vaine tentative de processus de deuil sans savoir où poser mon sac.

Je n'ai pas voulu retourner dans cet appartement qui était devenu chez nous et qui, sans Margot, n'était plus qu'un immense espace vide et insignifiant.

Alors, naturellement, j'ai revendu l'appartement du Boulevard Saint-Germain.

Sans raison, par hasard, sur un coup de dés, j'ai acheté une grande maison dans une petite ville de l'est de la France.

On est devenus champions du Monde de foot !

Le XXème siècle s'est effacé et les ordinateurs ne sont pas devenus fous. Les hommes, si !

J'ai changé de trajectoire, je voulais penser à d'autres plutôt que de me lamenter en permanence sur moi.

Je travaille dans le milieu du handicap et je m'épanouis.

J'ai rencontré et je me suis marié avec une femme formidable, une avocate.

Cerise sur le gâteau, nous sommes les parents d'une adorable collégienne de onze ans avec un drôle de sourire en biais.

Il y a eu une pause dans la vie de l'humanité, un confinement dans nos vies à nous.

Ah, oui ! J'ai retrouvé et couché avec Maelle, il y a deux ans.

C'est bon ? On peut passer à la suite ?

TROISIEME PARTIE

ROMY

Tu ne marcheras plus jamais,

mais tu voleras.

Et Bran Stark deviendra… Sorry, no spoil

Chapitre 42

VITA DURA SED VITAM

La chose devient récurrente, ils parlent de moi, devant moi, comme si je n'étais pas là, comme si j'étais translucide, comme si je ne pouvais pas comprendre, comme si je ne pouvais pas entendre, comme si j'étais dans le coma !

Et en même temps, quelque part, ça veut dire qu'ils s'occupent de moi, je ne peux quand même pas leur reprocher.

Si j'ai bien tout compris, parce que leurs produits me secouent un peu les neurones, ils se laisseraient encore deux jours avant de valider définitivement la perte de mes jambes.

Et merde !

Manifestement, mes membres inférieurs ont décidé de débrayer en prenant soin de ne pas prévenir la direction.

Que vais-je faire sans mes guibolles ?

Si je me réveille un jour, bien entendu !

Moi qui travaille dans le handicap depuis plusieurs années, me voilà bien.

J'ose à peine le dire, mais, de temps en temps, je tente une « Uma Thurman dans *Kill Bill* » : j'ordonne à mes doigts de pieds de bouger. Mais bon, comme je ne vis pas dans un Tarantino, autant dire que ça ne marche pas… Du tout !

Je sais que je n'ai pas les idées parfaitement claires, mais ça me permet de prendre mes pépins physiques avec une certaine légèreté, voire un grand détachement.

Quand même, ça fait chier !

Mais quid de mon couple, de ma famille et de ma culpabilité ?

C'est que Romy et Violette ne sont toujours pas venues me voir, et que plus le temps passe, plus je me persuade que je vais me voir amputé d'Elles.

Et de cela, je ne me relèverai pas, même si je le mérite et les comprends de m'en vouloir autant !

Revoir Paris

Un petit séjour d'un mois

Revoir Paris

Et me retrouver chez moi

Pour moi, ce sera cinq jours, mais chez moi quand même

Chapitre 43

SURDITE SELECTIVE

Et encore un matin d'insomnie, encore un matin ou les questionnements sont plus forts que la musique, les podcasts, les livres audio, enfin les trucs qui aident à des nuits plus douces. Encore ce moment excessivement énervant, quand tu sais que tu dois te reposer, dormir, aller te promener dans tes rêves, alors que tes pensées te ramènent à une réalité que tu voudrais zapper, que tu voudrais voir s'enfoncer dans des abimes dont elles ne pourraient plus remonter.

Encore un moment de doute et de douleur alors que tu es allongé auprès de la femme que tu aimes, que tu écoutes sa douce respiration, parfois un peu ronflante, mais que tu aimes par-dessus tout.

Tout ça parce que…

Flashback hier matin :

La secrétaire m'interpelle, elle a posé ma convocation dans mon casier.

Quelle convocation?

Mais quelle convocation?

Allez, ça va, je le sais parfaitement ce qu'elle contient, elle me dit que je dois réserver des billets de train pour Paris, que je dois réserver un hôtel à Paris et que je pars bientôt en formation, à Paris. Une formation sur « La pratique du théâtre en institution ». Comme si c'était différent de la pratique du théâtre en général. Mais ne polémiquons pas, ce n'est pas le moment!

En vérité, je la vis mal cette escapade parisienne.

Pour être exact, j'avais rêvé d'une autre formation, sur la musicothérapie, et ça se serait déroulé à La Rochelle. *Mais non, c'est trop loin, ce n'est pas possible, trouvez autre chose s'il vous plait!*

Alors ce sera le retour à Paris, avec ce que ça provoque en moi d'inquiétude, de malaise…

Et d'envie?

Je connais déjà mon point de chute, l'atelier va se dérouler dans le 11ème arrondissement dans un petit théâtre, toujours sous le ciel de Paris, mais à l'opposé de la fois précédente.

Je serai tout près de chez feue mon arrière-grand-mère, si chère à mon cœur, je pourrai pousser mes promenades jusqu'à l'immeuble, revoir la cour, la fenêtre par laquelle elle nous faisait un signe de la main quand nous partions.

Et dans une vaine tentative pour me rassurer, je me dis que je serai loin du Parc Martin Luther King, loin de la Librairie des Batignolles, loin des souvenirs, loin des

tentations, loin d'Elle, de ma Elle, de Maelle. Je vais me préparer un plan, un programme, une feuille de route, trouver des endroits à voir, des endroits que je ne connais pas, des incontournables, qui me rendront occupé. Et si j'ai du mal à vouloir dormir, j'écrirai des textes dans ma chambre d'hôtel. C'est ça ! Je vais m'auto-overbooker pour ne pas avoir à errer, divaguer, déambuler. Je ne dérogerai pas à ce que j'aurai planifié ! Aucune improvisation autre que théâtrale, limitation maximum des risques de croiser Maelle. C'est que ce monde est petit et Paris plus encore.

On est parvenu à s'ignorer, à ne pas se chercher, ne pas fouiner sur les réseaux sociaux pour glaner des indices. On a respecté notre pacte tacite : on avait passé une nuit magnifique, on s'était enfin aimés pour de vrai, et on s'était dit adieu comme il fallait. Merci et à jamais.

Aucun de nous deux ne voudra gâcher ça.

J'ai raison, n'est-ce pas ?

N'est-ce pas ?

On m'a fait remarquer que je semblais moins heureux que d'habitude de partir à Paris. Je n'ai pas répondu, j'ai utilisé mon arme suprême, la surdité sélective. La technique imparable qui déjoue tous les paramètres existants: celui qui a parlé pour le plaisir de dire quelque chose se dira que tu n'as pas entendu et laissera tomber, quand la personne qui t'a parlé, énervée, elle ne voudras pas répéter et lâchera l'affaire. C'est imparable!
Pas d'explications improvisée, et fatalement foireuses!
Imparable, je vous dis!
Ce qui m'habite en ce moment d'insomnie, c'est que mes sentiments, je veux les garder pour moi.
Je vais, deux ans après, retrouver, seul, mon Paris, mes endroits à moi : le Marais, la Place Clichy, Pigalle mon village, la « Campagne à Paris », les quais de la Seine et ses bouquinistes, le Pont Marie…

J'aime Paris avec des amis, j'adore Paris en famille, j'idolâtre mon Paris à moi!

Je n'ai pas forcément Maelle en tête, la formation se passe dans le onzième arrondissement, nous n'avons aucune chance de se rencontrer comme il y a deux ans. Je vais profiter de ces cinq jours, et rentrer vivre ma vie.

Et ce sera parfait!

Pour être tout à fait clair, et tout à fait honnête, je ne désire pas revoir Maelle, comme je n'ai jamais cherché à la retrouver sur les réseaux sociaux, pour que notre histoire reste, à jamais, notre belle histoire.

Afin de mettre un terme à mes vagabondages nocturnes et cérébraux, je secoue la tête.

Romy se réveille, allume son smartphone pour voir l'heure et s'aperçoit que je ne dors pas.

—Ça va?

—Bonjour mon Cœur, je t'aime.

—Il est tôt! Tu ne dors pas?

—J'ai peut-être une idée de chanson, ça me travaille.

—Si je peux t'inspirer, sache que moi aussi je t'aime, figure-toi!

Ses lèvres se posent sur ma joue, avancent jusqu'à ma bouche, sa langue se fraie un chemin et sa main se fait curieuse, chercheuse, trouveuse.

Puis l'amour fait son office.

Comme si, inconsciemment, Romy marquait son territoire.

« Comme c'est gentil d'être venu »,

Dit un type que j'ai jamais vu...

...Tout l'monde est sapé pareil

Et j'suis d'moins en moins à l'aise

<u>Comment ça va Patriiiiiiiiiick ?</u>

Chapitre 44

DROLE D'ENDROIT POUR UNE RENCONTRE

Tout ce qui m'entourait, je le connaissais alors que je découvrais ce lieu pour la première fois. Comme une grosse impression de déjà-vu, plutôt de déjà vécu.

C'était à l'époque du mannequinat, je fréquentais alors toutes ces soirées dans lesquelles il fallait se rendre pour se faire de nouveaux contacts et faire grossir son carnet d'adresse tout en évitant les faux agents et les escrocs. Mais aussi, pour certains,

enchainer les coups faciles, se laisser entrainer par l'alcool qui coulait à flots continus ou glisser sa paille le long d'une ligne de cocaïne magnifiquement dessinée sur le marbre d'une fausse cheminée pour s'enfiler vingt grammes de merde dans la narine… Gratos !

Mais c'était un passage obligé ! Pour les contacts et le carnet d'adresse, je veux dire.

Souvent, on s'y amusait bien, et quand une soirée ne décollait pas, il y'en avait forcément une autre, dans un autre hôtel particulier, un peu plus loin, peut-être plus fun.

Ce soir, c'est dans une maison de maître nancéenne que la soirée se passe, l'alcool coule un peu moins à flots et le dessus de la cheminée est vierge de tout produit illicite. J'aime autant ça !

C'est Fred, un collègue qui a insisté pour que je l'accompagne à cette soirée. Il a même lourdement insisté dans la mesure où il avait des vues sur une très jolie étudiante en droit. Vous me direz que je n'avais rien à apporter à cette histoire en devenir et

vous auriez raison. Mais il faut que je vous apprenne que ledit Fred avait été, peu de temps auparavant, malencontreusement délesté de son permis de conduire pour un écart de conduite que d'aucuns qualifieraient de dangereuse. Qui plus est, sous l'emprise de stupéfiants.

Ma gentillesse sera sûrement un jour responsable de ma perte, j'en suis conscient, mais j'ai accepté d'être un pote sympa et de lui servir de chauffeur.

Et au regard du déroulement de la soirée, je le regrette déjà.

L'endroit est magnifique, mais :

Le buffet est navrant et les vins quelconques.

Il y a, en tout et pour tout, trois sièges.

Même le punch ne fait pas rêver.

Un quatuor à cordes essaie vainement de se faire entendre au milieu du brouhaha ambiant.

Mais surtout :

Les convives discutent, débattent, discourent et semble ne s'amuser qu'en se défiant les uns les autres dans différentes joutes verbales inutiles, vaines, et sans grand intérêt.

En ce qui me concerne, bien entendu.

C'est alors que, tournant la tête vers une autre pièce, je vois cette femme qui me regarde en souriant, appuyée au chambranle de la porte. Sans réfléchir, j'attrape sur une table deux coupes de champagne et lui en apporte une.

L'âge, plus que l'expérience me pousse à accomplir ce geste inconsidéré !

—Merci ! J'apprécie votre sollicitude, je vous observe depuis quelques minutes, vous n'aviez pas vraiment l'air passionné par les débats !

—Non. Ai-je avoué.

—Vous n'êtes pas de nôtres ?

—Des vôtres ?

—Le droit, le Barreau, la magistrature…

—Ah non ! Moi, je suis plutôt dans le social.

—Cool.

—Oui, c'est ça, cool !

—Vous savez, même moi, ils me fatiguent et j'appartiens pourtant à leur corporation.

—J'ai essayé de suivre, je vous promets !

—Dans ce cas, je vous déclare officiellement, l'homme le plus courageux ou le plus insensé de la soirée !

—Lequel préfèreriez-vous pour les minutes qui arrivent ?

—Celui que vous me ferez découvrir.

—Je m'appelle Thibaut.

—Romy.

Il dort. Quoique le sort fût pour lui bien étrange

Il vivait. Il mourut quand il n'eut plus son ange ;

La chose simplement d'elle-même arriva,

Comme la nuit se fait lorsque le jour s'en va.

Epitaphe crayonnée sur la tombe de Jean Valjean au Père Lachaise

Chapitre 45

C'EST DANS LE ONZIEME !

Avant de démarrer cette journée de stage, je fais un détour par le passé.

Les poils qui se dressent, le sourire qui te fend le visage en deux, les gouttes de joie qui montent avant de couler de tes yeux. Les souvenirs qui envahissent ton corps, qui coulent en toi. Les lieux, les odeurs, les images, comme dans un rêve. Ça devrait ressembler à ça, les souvenirs d'enfance.

Mais non !

Non, parce que les lieux, les odeurs, les souvenirs, ce sont le onzième arrondissement de Paris, nettement pas le plus glamour de Paris : le cimetière du Père Lachaise, la prison de la Roquette, et même les cinq dalles qui étaient le point d'appui de l'échafaud qui a servi à l'exécution de près de deux cent personnes, ce ne sont pas forcément des endroits qui vendent du rêve.

Mais ils sont les lieux de mon enfance.

J'y ai couru, joué, m'y suis caché, y ai rencontré des potes, puis ma première petite amie, et vécu de belles histoires.

C'était chez mes arrières grands-parents.

Puis chez mon arrière-grand-mère.

Puis un temps, chez moi.

Ce matin, ou soir, ou… de toute façon, je n'en sais rien, je n'ai aucune notion du temps, je pense à Mémé Julia.

Ma Chère, ma si Chère Mémère,

Je suis à cinq minutes de chez toi, de ton chez toi d'avant. D'avant l'hôpital, d'avant la maison de retraite, d'avant près du bon dieu.

Je suis à cinq minutes de chez toi et j'ai éprouvé le besoin de m'arrêter... rue de la Folie-Regnault.

C'est que le quartier a tellement changé, j'ai un peu peur en vrai, je serais tellement déçu de ne pas retrouver ton immeuble, même si je sais qu'il est là, je l'ai vu sur Google Earth.

Mémère, ne t'en fais pas si tu n'as pas compris ce que je viens d'écrire, ça n'a aucun intérêt, je t'assure.

Je préfèrerais que tu te souviennes de ton arrivée dans cet endroit, avec Pépé Michel et de la vie que tu y as insufflée. Vous vous êtes installé dans cet appartement au cinquième étage d'un immeuble dans un ensemble qui en comportait quatre autour

d'une cour intérieure. Vous aviez quatre enfants, et vous avez, en plus, élevé les enfants de Michelle, dont Maman.

Depuis toujours j'ai, à la folie, aimé cet endroit qui me paraissait paradisiaque, nonobstant la proximité du Cimetière du Père Lachaise, de la prison pour femmes de la Roquette et des dalles qui avaient servi de fondations à l'échafaud de la dernière guillotine publique.

Parfois, je venais, en métro, te rendre visite, seul, et toi tu me racontais. Tu me racontais le rémouleur qui passait de cour en rues pour affuter ciseaux et couteaux. Tu revivais pour moi les descentes à la cave lorsque la sirène sonnait pendant la guerre, et Georges ton fils qui refusait de descendre, ayant décidé une fois pour toute que « si une bombe détruit l'immeuble, je préfère mourir qu'être enterré vivant dessous ».

Tu riais en te remémorant les expéditions pour emmener la famille aux douches municipales, parce que dans ces immeubles,

les appartements n'étaient pas équipés de salles de bain. Parfois, quand il en passait à la télé, nous regardions des matchs de catch, tu as toujours aimé ça. Et moi, j'aime toujours ça !

Moi aussi je m'en suis fait des souvenirs quand nous venions te voir. Je garde l'image des patins qui montaient la garde devant le parquet toujours impeccablement ciré de la salle à manger, nous avions chacun les nôtres pour y pénétrer. J'ai toujours dans la tête cette boite en bois qui contenait une vingtaine de jeux de cartes, uniquement des jeux de 32 cartes, et qui était rangée dans la bibliothèque. Et ce bronze, c'est comme ça que tu l'appelais, ce magnifique bronze posé sur le haut du meuble, un lion, je crois.

Les dimanches après-midi, à la fin de la vaisselle, Georges, Josette, Joseph et Lisette s'installaient sur la table en formica de la cuisine pour leur traditionnelle belote. Avec ma petite sœur, nous descendions rejoindre les autres enfants dans la cour.

Plus tard, le Père Lachaise est devenu notre terrain de jeu.

J'avais aussi une admiration sans borne pour celui que tu appelais Le Bougnat et qui montait les cinq étages à pied avec son énorme sac pour te livrer le charbon que tu mettais dans ton poêle, poêle sur lequel trônait en permanence une bouilloire.

A la fin de 1973, tous tes enfants et petits-enfants avaient quitté la maison et Pépé Michel, bien malgré lui et avec discrétion, était parti également. Tu as un peu moins souri durant quelques temps. Mais on ne t'a pas laissé, on a continué à venir et à profiter de toi. Et toi, on le sentait, on le savait, plus on était nombreux autour de toi, plus tu étais heureuse.

Mais comme dit Maman, tu n'as pas toujours été aussi bienveillante et souriante. Quand tu es née en 1896 dans ce qu'on appelait à l'époque la Champagne pouilleuse, tes parents ne souriaient pas, même pour l'unique photographie qu'il nous reste d'eux. Tu as été une belle jeune fille qui a rencontré son

premier amour, celui avec qui tu allais faire ta vie, et qui, trop vite, est parti faire la guerre. Plus tard, c'est en riant qu'il nous montrerait son livret militaire sur lequel était mentionné qu'il avait été blessé une première fois à Douaumont et une seconde fois à la clavicule.

Lors d'une permission, en aout 1917, vous avez pu vous marier. Tu étais ouvrière en pharmacie. Puis tu as été longtemps domestique, je ne sais pas où, je ne sais pas pour qui, ça, tu n'en parlais pas. Surtout, tu as eu la force d'élever, sur une durée de trente ans, sept enfants, dans cet appartement… Je dois l'avouer, je me suis toujours demandé comment tu avais réussi ce tour de force, parce que, si je compte bien, il n'y a jamais eu que deux chambres ! Alors, oui, il fallait sûrement que ça marche droit, tu voulais que tes enfants réussissent. Même tes petits enfants, tu les considérais comme tes enfants. Ces enfants dont les parents, toujours en déplacement étaient douloureusement absents.

Avec tes arrières petits-enfants, c'était une autre histoire, c'était une autre vie. Nous avons même vécu ensemble quand j'étais élève à l'Ecole de Théâtre de la Belle de Mai, quel bonheur, comme tu prenais soin de moi…

Je me lance, je reprends ma route.

J'arrive au 1 rue Henri Ranvier, merci Google, je sais enfin qui était Ce fameux Henri Ranvier, pauvre gosse !

Je suis devant l'entrée de la cour. Ils ont mis des grilles et un digicode. Je suis dépité. Un type me dépasse et passe la grille. Alors moi, comme un voleur, un espion ou un détective privé, j'attends le dernier moment avant que la porte ne se referme pour m'engouffrer dans la cour.

Je suis en bas de chez toi. Les briques qui couvraient les murs ont été recouverts, un espace arboré trône au milieu, mais l'ensemble n'a pas tant changé, je reconnais l'immeuble et je

reconnais la fenêtre de la cuisine d'où tu nous faisais signe quand nous te quittions. C'est tellement bête, je suis là, je viens de prendre une photo, j'ai les bras ballants, et je pense à toi.

Je ne pleure pas de ne plus t'avoir dans ma vie, je pleure du bonheur de t'avoir connue.

Si souvent je pense à toi.

Je suis en bas de chez toi, je regarde vers chez toi et je me dis que, peut-être, si je regarde un peu plus haut, je pourrais apercevoir tes yeux malicieux, ton sourire éternellement posé sur ton visage au détour d'un nuage.

Je dois repartir, je vais, comme à mon habitude, passer par le Père Lachaise qui ouvre à huit heures passer faire un petit coucou à Jim Morrison. Tu ne sais toujours pas qui c'est ? Ben non, bien entendu.

Je t'embrasse par-delà... tout ce qui peut se trouver entre toi et moi et je t'aime.

Ton « Drôle de Numéro » d'arrière-petit-fils.

Thibaut.

Comme un géant

J'ai quelqu'un maintenant

Qui croit vraiment en moi…

Comme un géant

Quand on est aimé

On peut tout faire je crois

<u>Alain Chamfort, je me sens pareil, tout pareil!</u>

Chapitre 46

THE MOST BEAUTIFUL GIRL IN THE WORLD

Ce n'était pas dans nos plans.

Ce n'était pas non plus un refus, un rejet.

Ce n'était juste pas dans nos plans.

Au commencement, il y eut du retard.

Je repérai des regards perdus, des moments d'absence, des larmes retenues.

Je n'osai pas aborder le sujet qui, s'il ne m'inquiétait pas, n'avait jamais été envisagé.

J'aimais Romy, j'aime Romy.

Un petit Thibaut junior serait un bonheur indéfinissable.

Mais la carrière de Romy était primordiale. Elle décollait et sa route vers les étoiles était tracée.

Ma femme est une avocate exceptionnelle!

Moi je me sentais prêt à endosser le rôle de papa à plein temps.

J'ai tiré la première salve.

J'ai mis les pieds dans le plat et, directement, ce qui est exceptionnel pour moi, j'ai osé poser à ma femme la question qui me travaillait alors.

Elle a éclaté en sanglots et m'a avoué ce que je savais déjà et que j'avais accepté comme une bénédiction.

Avant même qu'elle ne continue, j'ai posé un doigt sur sa bouche, l'ai prise dans mes bras, ai posé mes lèvres sur sa tempe

droite, là où la peau semble si fine, là où la bouche est encore plus près de l'oreille.

Je crois lui avoir murmuré qu'elle n'aurait jamais à choisir entre sa carrière et notre enfant, que je serai là et que je gérerais ce qu'elle n'aurait pas la possibilité de faire.

J'ai dû aussi lui dire qu'elle serait la maman cool qui est là pour déconner, me réservant le rôle du papa qui pose un cadre.

Je savais déjà que dans un cadre, l'image peut être très, très, très belle.

Note à une éventuelle lectrice, voire un hypothétique lecteur, je n'ai pas écrit trois fois « très » pour tirer à la ligne mais bien pour évoquer les trois membres de notre future famille.

Je plaisante surtout pour oublier la réaction de Romy.

Elle s'est échappée de mes bras, non pour fuir mais parce qu'elle s'est évanouie.

Le temps que je me jette moi-même à terre, elle a repris connaissance, et m'a fixé, ses grads yeux baignés de larmes?

—Je te demande pardon!

—… (ceci exprime le silence qui a suivi cette sentence, unique manifestation de mon étonnement).

—Tu es sûr de vouloir ce bébé?

—Au-delà du possible!

Mais pourquoi pardon?

La grossesse de Romy s'est passée sans heurt, jusqu'au bout elle a plaidé, exercé sa profession, et jusqu'au bout, je l'ai épaulée, parfois physiquement, notamment au moment de l'accouchement.

Violette est entrée dans nos vies.

Une petite fille très jolie avec, paradoxalement, elle aussi, un petit sourire en biais qu'on verra sur les photos.

Quand nous livrons une partie de notre vie aux réseaux sociaux, cette trace risque d'être indélébile.

Eh oui Thierry Breton… Et en même temps…

Chapitre 47

ON AVAIT DIT QUE NON !

Je le sais qu'il faut se protéger, qu'il faut protéger sa famille, son enfant, je le sais.

Mais toi aussi tu as envie de ton quart d'heure de gloire, que ce soit avec cette photo qui peut t'amener un putain de records de likes, ou alors grâce à ce post dans lequel tu as essayé de mettre le maximum d'invention, ou de poésie, ou d'humour, ou juste de malheur et qui sera grandement partagée.

Je le sais, parce que, en fait, je parle de moi. Mais j'ai tellement envie de partager ma vie, mes idées, mes lectures, mes joies… Moins mes peines, mais quand même!

Pour moi, clairement, les réseaux sociaux, c'est Facebook. Ne serait-ce point une phrase de boomer?

Pourquoi je parle de réseaux sociaux?

Parce que j'ai reçu une notification Messenger d'Ahmed, mon pote d'adolescence. Il m'a demandé comme ami, alors forcément j'ai validé.

Au bout du compte, je n'ai jamais vu un post de lui.

Désormais je sais pourquoi.

Je vous laisse avec le message que je viens de découvrir :

« Thibaut, c'est moi, Maelle. Avant de t'expliquer, je voudrais demander pardon à la famille d'Ahmed. Je pense que tu ne le sais pas, mais il est décédé il y a trois ans. Je ne te dis pas de quoi, ce n'est pas important et tu ne voudrais pas forcément le savoir. Il avait beaucoup changé! Ce site, je l'ai créé pour suivre

ton parcours sans que tu le saches, parce que nous nous sommes fait une promesse que je ne peux pas tenir, je le voulais mais je ne le peux pas.

Je sais que tu viens bientôt à Paris, en formation. Ne te méprend pas sur la teneur de ce message, je voudrais juste te voir et qu'on puisse se parler. Juste se parler. C'est important!

Ne répond pas à ce message, et si tu le veux, retrouvons-nous à notre endroit le jeudi soir de ta semaine parisienne à vingt heures. Je serai là jusqu'à vingt heures trente, puis je partirai et tu n'entendras plus parler de moi. J'aimerais vraiment que tu viennes au rendez-vous, et je comprendrais que tu ne le fasses pas. Si ça peut t'aider, ne pense pas à la fille avec qui tu es sorti si longtemps, puis à qui tu as fait si bien l'amour mais plutôt à l'amie que j'ai été, à cette amitié qui nous lie à jamais…

Je t'embrasse.

Maelle. »

Le smartphone repose sur mes genoux. Je ne sais pas! Je subodore une future nuit de merde, des questionnements à n'en plus finir, et une angoisse jusqu'au jour du rencard.

Parce que ça, je le sais déjà, notre endroit, j'y serai!

Les gens craignent de mourir parce qu'ils redoutent L'inconnu. Mais justement qu'est ce que l'inconnu? Je te propose Oscar, de ne pas avoir peur mais d'avoir confiance. Comme l'a écrit Eric-Emmanuel Schmitt

Chapitre 48
LES HOMMES SONT DES ANGES STAGIAIRES

Je suis réveillé et circonspect! J'ai beau y penser depuis que je suis en état de penser, donc en état d'éveil et la réponse ne vient pas. Si j'avais un spécialiste près de moi, je pourrais lui demander une explication, mais, d'une part, je n'ai pas de spécialiste près de moi et d'autre part je suis toujours dans le coma. Vous commencez à comprendre le problème?
Pour faire simple, la question est : comment puis-je être réveillé alors que je suis toujours inconscient?
Surtout si je vous narre ce qui m'a réveillé!

Au-dessus de moi, des anges sont en train de parler entre eux. J'en ai compté trois plus un, peut-être leur chef, il parle à chaque fois entre les trois anges.

Pardon?

Comment je sais que ce sont des anges?

Ben ils sont en haut, près du plafond de ma chambre, au-dessus de moi, et ils parlent gentiment, avec bienveillance, personne ne crie, personne ne s'énerve.

Je n'entends pas tout, mais de temps en temps, j'aime bien ce qu'ils se disent et j'aime bien qu'ils soient là. Peut-être qu'ils veillent sur moi. Je voudrais pouvoir leur demander de faire venir Romy et Violette... Il me manque un élément.

Un des anges chante, c'est une angelle, elle est accompagnée, ou s'accompagne, je n'en sais rien au piano. Les anges, ça joue de la harpe, non? De la lyre, peut-être. Je m'en fous, la chanson est magnifique.

Je ne sais pas trop si c'est un des anges qui est descendu mais quelqu'un me touche. J'aime bien!

—Salut Candice, ça se passe bien? Oh, tu lui as mis la télé?

—On est dimanche, j'adore cette émission, et lui, il est peut-être beau gosse mais il n'est pas très causant.

C'est moi le beau gosse? Je valide un ange de plus. Enfin non, puisque j'ai bien compris que les autres anges, ils sortaient de la télé! C'est quoi cette émission? J'apprends aussi qu'on est dimanche. Mais quelle date?

J'aime bien sentir les mains de l'ange présente. Là elle touche mes doigts. Est-ce qu'elle a touché mes jambes, si oui je n'ai rien senti. C'est con! Tu ne voudrais pas réessayer ou juste essayer si tu ne l'as pas encore fait? S'il te plaît l'ange!

Mon esprit est, malgré mon état, si puissant que je crois avoir réussi à lui faire entendre ce que je désirais. L'ange masse mes mollets, sur les deux jambes, et je le sens!

Je les sens les mains de l'ange derrière mes genoux maintenant! Je ne suis pas en train de rêver, j'entends les anges du haut qui me disent de croire en mes rêves, de vivre mes envies, de me dépasser pour arriver à ce que je veux, et l'ange du corps me masse les cuisses.

Je vais me tenir debout, je vais marcher, je vais vivre, ce n'est pas possible autrement… Ou alors, je rêve dans mon coma.

Ce qui arrive alors, c'est l'espoir qui revient, la sensation que tout peut arriver, qu'un miracle est possible, que je peux me réveiller, puis sortir debout.

Comment exprimer simplement ce qui se passe, alors que l'ange continue de me masser les cuisses?

Ce qui semblait éteint se rallume.

En un mot comme en cent : je bande!

Mais quel que soit celui qui fait germer la pomme,

Le père, pour l'enfant, c'est celui qui est là

Celui qui caresse sa mère et qui lui tend les bras

Lynda Lemay, Serge Lama

Chapitre 49

COUP DE TONNERRE

Une sale odeur de soufre infecte la maison.

Romy s'est énervée, sans que je sache vraiment pourquoi.

Selon mon expérience de la personne, je doute qu'elle-même se souvienne de la raison. Et comme, quand elle est énervée, elle arrive par, je ne sais quelle formule physique ou chimique ou magique ou même cabalistique à s'auto-sur-énerver, la fête est loin de s'achever.

J'ai peur qu'on enchaine en « after » !

Moi, parce que je suis moi, je fais ce qui l'agace le plus, à savoir ne pas répondre à la crise afin de ne rien envenimer.

Malheureusement, à l'inverse du résultat espéré, le volume de sa voix augmente ce qui me permet d'entendre distinctement que, en vrac : je ne m'intéresse pas à Violette, je me fiche de sa scolarité (qui, soit dit, en passant, se déroule parfaitement !), qu'elle (Romy, pas Violette) doit tout faire dans la maison, qu'elle bosse toute la journée et qu'elle doit (toujours ma chère et tendre épouse) encore faire les courses…

Toujours est-il que le motif et les raisons originelles de la dispute sont sortis du terrain et qu'elle a fait rentrer les remplaçants.

Cette métaphore est formidable quand on évoque une femme qui n'aime pas le sport !

Moi, toujours stratège, j'utilise une de mes bottes secrètes afin de sortir indemne de ce combat unilatéral : la déconnexion.

Je laisse les reproches traverser ma tête, sans retenir quoi que ce soit à l'intérieur. Je lance à la volée, mais in-petto, les traits d'humour qui m'aident à supporter ces moments et que, par prudence et lassitude, j'évite de dire à voix haute.

Et je laisse passer l'orage, parce que l'orage finit toujours par passer.

Presque toujours !

—Et d'abord, ce n'est pas ta fille!

La foudre vient de me traverser le corps, le cœur, l'âme.

Plus envie de rire!

Je me tourne vers Romy et la fixe, hagard, bouche ouverte, tête vidée.

Elle a arrêté de crier, ses deux mains sont collées contre sa bouche, elle semble effondrée d'avoir prononcé cette dernière phrase.

Croit-elle être allée trop loin, ou pense t'elle en avoir trop dit ?

Ses mots ont-ils dépassés sa pensée ou a-t-elle malencontreusement avoué une faute ?

Toute trace de colère a disparu de son visage. Je n'y sens plus que de l'angoisse !

C'est donc la vérité qu'elle m'a asséné sous le coup de la fureur ?

Je ne suis pas le père de Violette, je ne suis pas le père de ma fille chérie !

—Pardon, j'étais en colère, j'ai dit ça pour te faire du mal, parce que tu ne répondais pas. Mais oui, Violette est ta fille !

—Bien sûr que Violette est ma fille. J'ai juste très peur de ne pas être son père.

—Mais tu es son père ! Évidemment que tu es son père ! J'étais en colère, je voulais te faire souffrir et j'ai dit n'importe quoi.

— Romy, c'est qui son père?

—C'est personne ! Non, m…Personne d'autre que toi ! Je te jure que tu es son père !

Elle pleure, cherche à se blottir dans mes bras. Pour la première fois de notre vie, je recule et la tiens à distance.

Je lui parle mais les mots arrivent difficilement, par bribes, hésitants.

— Je peux tout entendre… Peut-être que je pourrais oublier, je ne sais pas...Ne me ment pas. S'il te plait, dis-moi la vérité. Tu ne pourras pas me faire plus mal que là !

Elle éclate en sanglots !

— Je suis désolée, désolée !

— C'est qui ? Je le connais ?

Elle secoue la tête doucement.

— J'ai tellement honte, Thibaut. Tellement honte.

— Arrête !

Je crie, finalement je ne veux pas savoir… Pas maintenant!

Je tourne en rond pendant un moment, à chaque fois, que je passe près d'elle, Romy tente timidement de m'attraper le bras. J'essaie de moins en moins de lui échapper.

Ce que je veux, tout de suite, c'est ma famille.

—Je vais… Je vais te croire… Te croire quand tu dis que tu as menti pour me blesser… Et oublier, effacer ces dernières minutes.

—Tu me pardonnes ?

—J'irai chercher Violette au collège tout à l'heure. Tout seul… Je lui dirai que tu t'es énervé après moi.

—Mais…

—Tais-toi ! S'il te plait, pour une fois, tais-toi ! Laisse-moi plaider ma cause. Quand je rentrerai, je serai avec notre fille et nous ferons en sorte que ce qui vient d'arriver ne soit qu'un mauvais rêve.

—Je t'aime Thibaut, je t'aime. Prends-moi dans tes bras ! S'il te plait.

Je regarde Romy, c'est une petite fille perdue qui se tient tremblante face à moi. Encore une fois, je serai plus fort que la fatalité, plus fort que le malheur, plus fort que la vie. Je lui prends la main, l'attire vers moi, l'enlace.

Mes lèvres trouvent le chemin de sa tempe gauche que j'embrasse longuement, tendrement. Tant pis si je suis dans le déni, j'aime Romy, j'aime Violette, j'aime notre vie.

—On pourra aller chercher Violette ensemble ?

Je souris un peu maladroitement.

— On est une famille mon amour

— Tu veux dire que tu es d'accord? C'est oui ?

—Oui ! Bien sûr, oui ! Je t'aime, Romy, je t'aime.

Nous nous embrassons, comme une première fois. Comme si rien n'avait existé avant ce baiser.

Et puis…

Il nous reste un peu de temps avant l'heure de la sortie du collège pour se rendre amnésiques !

Die schönste Jungfrau sitzet

Dort oben wunderbar;

Ihr goldenes Geshmeide blitzet,

Sie kämmt ihr goldenes Haar.

La traduction a peu d'importance, le poème, c'est « la Lorelei »

Chapitre50

DECIDEMENT L'ALLEMAGNE...

Je la tiens dans ma main depuis une bonne trentaine de minutes. Je ne sais toujours pas ce que je dois en faire et plus le temps passent, plus mes réflexions me semblent ridicules.

C'est une enveloppe, elle doit contenir une lettre, à l'ancienne. Elle est affublée de mon prénom écrit manuellement à l'encre bleue.

Afin d'être encore plus précis, je dois avouer que je ne suis pas certain d'avoir envie de l'ouvrir, ni de découvrir ce qu'elle contient.

J'ai tellement eu le temps de cogiter, d'échafauder des hypothèses plus que moins farfelues, de me fustiger pour oser avoir eu des pensées anticipées de représailles diverses et variées.

La solution la plus plausible est celle-ci :

Ma femme amoureuse me prévient, par la présente (j'adore cette locution) que ma femme adultère veut entamer une procédure de divorce dans laquelle elle sera représentée par ma femme avocate.

Rasséréné par la certitude que le contenu de cette lettre est différent de ce que je crois, et m'y étant préparé, je peux ouvrir l'enveloppe et découvrir la vérité.

« Thibaut, mon amour,

J'aurais tant voulu ne jamais avoir à écrire cette lettre, cependant, je ne veux pas non plus me dérober et je te dois la vérité sur notre fille.

J'ai fait une erreur terrible, impardonnable.

Je vais tâcher d'être la plus transparente et honnête possible, surtout ne rien te cacher de ce que je me souviens s'être passé.

Les faits se sont déroulés lors du séminaire du Cabinet, la croisière sur le Rhin, si tu te souviens.

La réunion avait été compliquée et je profitai de l'open bar.

Le barman, était pressant et me faisait du rentre-dedans. Je le trouvais un peu lourd, mais pour mon malheur, plutôt amusant.

Après le diner, j'ai rejoint le bar pour un dernier verre avec deux collègues.

Plusieurs derniers verres et une nuit plus tard, je me suis réveillée dans une cabine minuscule qui n'était pas la mienne, mes vêtements en boule par terre.

J'avais tellement honte. J'ai regagné vite fait ma cabine et me suis douché tellement longtemps, comme si je pouvais me laver du mal fait. Puis, en tachant de me faire la plus discrète possible, j'ai rejoint mes condisciples pour le petit déjeuner.

En passant près du bar, il était là, m'ignorant totalement et quand je lui ai demandé s'il n'avait rien à me dire, il a répondu avec dédain et assez fort pour qu'on l'entende autour du bar que, je cite : « Ça va ! Tu m'as sauté dessus hier soir, on a baisé, basta. Et pardon, mais ce n'était pas terrible ! ».

A la honte s'ajoutait l'humiliation.

Et la peur, car, inexplicablement, j'avais senti, j'avais su, dès le réveil, que je n'étais plus seule dans mon corps. Je sais que c'est impossible, et pourtant, je le savais. Je t'avais trompé avec un

connard dont je ne connais même pas le nom, et j'étais enceinte de lui.

A mon retour à la maison, nous avons fait l'amour, je voulais que rien ne change pour nous, je voulais que nous tentions tous les deux de créer ce bébé, de le légitimer, qu'il puisse être de nous, pour nous, à nous.

Nous aimons Violette et elle nous aime, tu es son Papa et tu le seras toujours. Et je t'aime.

Je voudrais tant que tu puisses me pardonner après cette confession. L'alcool, s'il est une explication, n'est pas une excuse et je m'en voudrais toujours de t'avoir trahi.

Je t'aime, je t'aime, je t'aime.

Romy »

J'ai posé la lettre, pris une grande inspiration, longtemps expiré, passé un coup de fil, récupéré Violette au collège et fait l'acquisition d'un magnifique bouquet de roses.

A dix-huit heure trente, nous étions là, sourire aux lèvres, devant l'immeuble d'où allait sortir Romy.

Elle nous a vu, et a fondu en larmes. Violette l'a regardé, interdite, je l'ai légèrement poussée pour qu'elle rejoigne sa maman. Elle s'est jetée dans ses bras. Les yeux humides de Romy se sont posés sur moi, je crois qu'elle a pu lire sur mes lèvres que je l'aimais, car elle a répondu ce que j'ai traduit par merci ou moi aussi. Dans les deux cas, ça m'allait.

Le restaurant réservé était très agréable, le repas succulent et la conversation d'une banalité bienfaisante.

Une famille qui s'aime passait une très belle soirée.

Il ne reste que quelques minutes à ma vie

Tout au plus quelques heures, je sens que je faiblis

<u>Les cowboys fringants</u>

Chapitre 51

PLUS RIEN

Je n'y arrive plus.

Margot, Tallulah, Maelle... Trop de disparitions sur ma trajectoire sinueuse.

Je veux juste que ça cesse ; je n'en peux plus de voir partir les femmes qui ont compté pour moi !

Romy ne doit pas être la suivante.

Romy doit être là pour Violette, Ma Violette, Ma Fille !

Le prochain à partir, ce doit être moi, ce sera moi !

Parce que je suis coupable !

Parce que je mérite de partir !

Parce que je porte malheur !

Parce que je vais devenir un boulet !

Parce que j'ai de grosses zones de flou dans mes souvenirs !

Parce que mes jambes ne fonctionneront plus !

Je le sais.

Le médecin et une personne dont je n'ai pas reconnu la voix parlaient près de mes pieds.

Leurs phrases arrivaient jusqu'à mes oreilles, mon inconscient.

Le médecin a demandé quel était le pourcentage de chances que je remarche.

L'autre homme a répondu et moi j'ai essayé de ne pas entendre.

Mais j'ai entendu.

J'ai entendu : ZERO .

J'en prend bonne note.

Pourtant il y avait eu les anges… Les sensations.

Mais au bout du compte, il n'y aura aucune chance que je remarche un jour.

Il faut donc que je parte.

Merci à tous, vous vous êtes si bien occupés de moi.

Merci les toubibs, les infirmières, les aides-soignantes, la kiné, les anges.

Pardon pour le féminin, parce que je crois deviner qu'il y a deux infirmiers et un aide-soignant.

Ils sont tous super avec moi.

Je pars, mais entre de bonnes mains.

Mais aussi je pars en laissant ma femme et ma fille.

Je pars en laissant ma sœur, qui, parce qu'on ne se voit pas souvent, ne sait pas forcément à quel point je l'aime.

Je pars sans avoir lu le troisième tome de la trilogie *Les années glorieuses* de Pierre Lemaitre.

Je pars sans terminer mon grand projet.

Je pars tranquillement, triste, mais serein.

Sans devenir un poids. Pour qui ? Surtout pour moi.

Sans risquer de crise. C'est lâche, je sais.

Sans avoir à me justifier. C'est la vie.

Sans êtr…

—Dis Maman, Papa se réveillera bientôt ?

Elles sont là !

—J'en suis sûr ma Puce, il ne nous laissera jamais tomber.

Elles sont venues me voir !

—Et si Papa ne peut plus marcher ?

Mes Anges !

—Tu l'aimeras moins ?

Je retiens mon souffle…

—Mais non ! Et toi Maman ?

Je suis carrément en apnée…

—Sûrement pas !

Je respire à nouveau !

Attendez-moi les filles ! Je vais me réveiller ! Je vous le promets, je vais me réveiller !

Violette reprend la parole

—Surtout que le petit Thibaud aura besoin de lui, aussi !

Pardon ?

Le rideau s'ouvre, la nuit s'achève, le maillon manquant vient de réapparaître, l'avenir m'appelle.

On se retrouve Place du Trocadéro, à Paris…

Si tes yeux un moment pouvaient me regarder…

Que dis-je ? Cet aveu que je te viens de faire,

Cet aveu si honteux, le crois-tu volontaire ?

<u>L'aveu de Phèdre à Hippolyte</u>

Chapitre 52

TROCADERO BLEU CITRON

J'y suis depuis déjà une demi-heure et j'ai encore une demi-heure d'avance. Sans même être certain que je suis au bon lieu de rendez-vous.

Maelle a évoqué notre endroit, et, de toute évidence, il s'agit du Trocadéro, plus précisément l'escalier de gauche en descendant du Palais de Chaillot. Une vue imprenable sur la Tour Eiffel, un banc sur lequel nous avons écrit nos initiales, notre banc, notre endroit.

Je suis assis, j'attends, confiant, sûr de moi, de mon amour pour Romy, de ma foi en ma famille, de ma force.

—Ne te retourne pas, s'il te plait !

—Salut Maelle !

—J'ai besoin de te parler, mais je n'arriverai pas si nous nous regardons. Quand j'aurai fini, tu pourras partir ou te retourner.

—Tu me fais peur…

—Laisse-moi parler, s'il te plait. C'est… J'y vais. D'abord, mon mari, mon ex-mari, il faut que tu saches que c'était Philippe.

Coup de poing dans le plexus ! Philippe ! Mais pourquoi lui ? Pourquoi ? Comment ?

—Il ne voulait pas d'enfant, il avait même subi une vasectomie pour être sûr de son fait. Alors quand je suis tombé enceinte, il a compris. Et il a demandé le divorce.

Grande claque derrière la tête ! Enceinte ?

Je me lève et me tourne vers Maelle, elle a des larmes qui roulent le long de ses joues.

—Enceinte ?

—La photo de toi, tout petit, que j'aimais tant, tu te souviens ? Ton fils, notre fils est le portrait craché de l'enfant sur la photo.

Respire...

—Je ne te demande rien, je trouve normal que tu sois au courant, c'est tout. Mais si tu veux le voir… Si ça te fait envie, plaisir, je ne sais pas. Il n'y a pas de souci.

—Il s'appelle ?

—Thibaud, avec un D.

Malgré le trouble qui m'habite, je souris. Mon prénom, qui est également celui de mon fils a retrouvé son D, malicieusement transformé par mon père, il y a quelques années.

C'est en fait mon unique pensée, à cet instant. Les questionnements, les problèmes, la nouvelle culpabilité… Ça viendra après. J'y penserai cette nuit, demain, plus tard !

J'ai un fils... c'est ce qui importe... Un fils qui porte mon presque prénom et qui me ressemblerait.

Je serais heureux de le voir.

—Je serai heureux de le voir ! Vraiment ! Et faire partie de sa vie, et tout dire à Romy. Mais elle et Violette restent ma famille.

Elle essuie furtivement une larme.

—Bien sûr, je comprends.

Elle ne comprend pas.

—Tu sais, tu peux venir le voir dès maintenant.

Mon fils, tu vas rencontrer ton père.

Je l'ai fait, j'ai tenu mon enfant dans mes bras, je l'ai câliné, je lui ai souri, je l'ai reconnu. Si j'ignorais quelle suite donner au bonheur qui arrivait, j'avais déjà une surdose d'amour pour ce petit bonhomme, ce garçon qui venait foutre un sacré bordel dans ma vie.

Tous les syndicats de la SNCF ont appelé à un mouvement de grève de 24 heures reconductible à partir de vendredi pour dénoncer le démantèlement de Fret SNCF et l'ouverture à la concurrence dans le transport de voyageurs

Et merde !

Chapitre 53

ET TOI, C'EST QUOI TON SUPER-POUVOIR ?

Romy m'a trouvé une drôle de voix au téléphone.

C'est sa force, son super-pouvoir, l'arme secrète ultime.

Mon avocate préférée, quand elle exerce, est capable de déceler le moindre changement dans un faciès, le plus léger rictus, un regard fuyant lui permettant de déstabiliser la partie adverse.

Ce don fait d'elle une adversaire redoutable, au Tribunal comme à une table de poker, et le pire, lors d'une partie de Loups-Garous de Thiercelieux ! Elle est imbattable !

Paradoxalement, dans la sphère privée, et en dehors des jeux de société, elle est plus Peter Parker que Spiderman, plus Clark Kent que Superman… en vrai, plus Marinette que Ladybug, merci Violette pour la référence !

Elle n'a, en deux années de dissimulation, jamais rien décelé à propos de mon incartade parisienne. Je dois être très bon en dissimulation.

C'est ce que je croyais, parce que, là, tout de suite, au téléphone… Elle m'a trouvé une drôle de voix !

Je n'ai pourtant rien dit de bizarre. J'ai évoqué la grève, l'impossibilité de rentrer ce soir, la chance que j'ai de pouvoir dormir chez Julien, un ami d'enfance « mais si tu sais je t'en ai souvent parlé , et surtout, il peut me déposer à Nancy demain puisqu'il part pour Strasbourg, c'est un vrai coup de bol tu ne trouves pas ? »

Oui, j'en ai peut-être fait un peu trop et je me suis fait griller. Ou elle m'a juste trouvé une drôle de voix.

Cette nuit, je vais la passer chez Maelle, dans la chambre d'amis, sous le même toit que Thibaud.

J'ai menti à Romy et je n'en suis pas fier.

Ça devait être ça ma drôle de voix.

Maelle a proposé de m'héberger, puis de me conduire demain jusqu'en Lorraine. J'ai pensé refuser mais c'était une bonne idée et elle a tellement insisté…

—Tu peux dormir avec moi, a-t-elle proposé après le diner.

—Ce n'est vraiment pas une bonne idée Maelle, je ferai ce qu'il faut pour Thibaud mais j'aime ma femme et ma fille.

—On a quand même couché ensemble je te rappelle !

—Oui !

—Plusieurs fois !

—Mais une seule nuit !

—Et si, une dernière fois, nous deux…

—Maelle, s'il te plait, je ne peux pas dire ce que sera la suite. Je veux juste qu'on soit de bons parents et des amis. Tu veux bien ?

Elle soupire,

—Je veux bien !

Je n'y crois pas du tout !

J'ai dû choper le super-pouvoir de Romy.

Fill my heart with song and let me sing for evermore

You are all I long for, all I worship and adore

In other words : please be true

In other words : I love you

<u>Deuxième couplet de la chanson de Sinatra</u>

Chapitre 54

FLY ME TO THE MOON

Je n'aime pas ces routes bordées d'arbres.

Nous roulons depuis une heure. Thibaud dort à l'arrière. Plus le temps passe et plus Maelle si volubile au départ s'enfonce dans un mutisme pesant.

Je ne suis pas très loquace non plus. En vérité, je ne l'ai jamais été.

Quand j'y pense, la situation est insensée. Je suis en voiture avec ma maîtresse qui est également mon premier amour et la mère

de mon fils pour aller retrouver ma femme qui est la mère de notre fille dont je ne suis pas le père biologique. Vous me suivez ?

Un vrai beau vaudeville… Pour le moment !

Mes pensées s'évadent, la route défile, je chante *Fly me to the moon* qui passe à la radio, je rembobine, revoit notre folle nuit il y a deux ans, notre promesse de ne pas chercher à se revoir.

Je n'aime pas ces routes bordées d'arbres.

La nuit fut longue et courte en même temps. Elle m'a exposé ses rêves dans lesquels j'occupe une place importante, je lui ai parlé des miens dans lesquels ma famille, incluant mon fils sont ma priorité. Ce n'est pas ce qu'elle voulait entendre, elle a su me le dire, pas seulement me le faire comprendre. Je lui ai proposé d'annuler le trajet en voiture, je pourrai me débrouiller, elle a refusé arguant du fait qu'elle me l'avait promis. D'accord !

Maelle roule vite. Sa voiture est puissante, c'est quoi déjà ? Je suis nul en bagnoles ! En fait je ne suis pas nul, c'est juste que je m'en fous, c'est tout.

Elle était mariée avec ce con de Philippe, et ça, j'ai beaucoup de mal à me l'imaginer. Ça a du mal à passer, je n'accepte pas, j'en aurais envie de vomir. Ou c'est la route ?

Il est huissier de justesse, pardon notaire, comme papa ? Il faut que j'arrête de penser à lui, mais je suis bien content de lui avoir rendu la monnaie de sa pièce. Je demanderai bien à Maelle s'il a su avec qui elle l'avait trompé. Mais non, je ne vais pas le faire.

Je lui trouve le visage fermé, je pose une main sur son épaule, elle me regarde et esquisse un sourire.

—Maelle ?

—Mmm ?

—Tu te sens bien ?

—Formidable ! Je suis au top !

—Je t'aimerai toujours Maelle, toute ma vie. Mais je ne peux pas te donner ce que tu désires.

—Je comprend.

Elle ne comprend pas, elle n'accepte pas.

Son sourire devient rictus, puis grimace.

La voiture va de plus en plus vite, je fixe la route, et de ma vision périphérique… Je crois qu'elle vient de donnre un grand coup de volant !

Je n'aime pas ces routes bordées d'arbr…

Il faut aimer.

Excipit de La vie devant soi

Chapitre 55

QUI RESSEMBLE A UN EPILOGUE

La chappe de plomb sur ma poitrine opère sa mutation et se transforme en poids sur l'estomac. Depuis ce que je pense être quelques minutes, mes paupières tentent une timide ouverture, et le trop-plein de luminosité impose à mes yeux une retraite immédiate. Mon corps me hurle de sortir de l'état dans lequel je végète tout en freinant des quatre fers. Mon esprit erre dans une ambivalence qu'il ne connait pas et qu'il découvre avec effroi. Je sais que je veux me réveiller maintenant et je sens que je ne m'en sens pas capable.

Il va quand même falloir que ça se décide, que je me décide, ou que la vie le fasse pour moi.

C'est pour aujourd'hui. Mon retour à la vie est imminent ! Ne manque plus que le déclic.

—Coucou mon cœur ! me dit la douce voix de mon Amour.

C'est ma voix qui se réveille la première, je n'aurais pas parié un centime dessus.

—Mon ange !

Et mes yeux s'allumant, j'aperçois Romy s'affoler, chercher la sonnette puis se précipiter dans le couloir pour appeler.

Branle-bas de combat autour de mon lit, de ma personne. Ça parle de tous les côtés, ça gesticule, ça me saoule un peu, je ne vois que Romy, le visage de Romy, les yeux de Romy, les larmes de Romy, le sourire de Romy.

Je nous vois déjà quand ils seront partis, comme dans *Les choses de la vie* :

—Qu'est-ce que tu fais ? demande Romy Schneider

—Je te regarde ! Répond Michel Piccoli

Mais bon, pour le moment, on m'ausculte, on vérifie mes constantes, on me prend bien la tête.

C'est bon, je suis de retour, laissez-moi un peu de temps pour profiter. Pourtant je demande :

—Je suis resté combien de temps inconscient ?

—Vingt-six heures environ.

—Vingt-six jours ?

—Non, vingt-six heures !

Alors pour ceux qui se poseraient la question, lorsqu'on est dans le coma, la notion du temps semble quelque peu altérée.

Un jeune homme en blouse blanche, se penche vers moi.

—On va vous laisser vous retrouver. Vous allez bien, nous parlerons plus précisément de votre état physique plus tard.

Tous sortent.

Romy s'approche, se penche, m'embrasse passionnément. Je l'aime !

—J'ai eu si peur de te perdre.

Puis avant que je puisse dire un mot.

—Ils ont retrouvé une lettre sur elle. Elle voulait que vous mourriez tous les trois. Il faut que tu le saches.

—Mon fils ?

—Il va très bien ! Et sa grande sœur en est très amoureuse, elle peine à le quitter.

—Tu pourras me pardonner un jour?

Son sourire, je vois son merveilleux sourire.

—Tu m'as bien pardonné, toi !

Son désarmant sourire. Puis elle poursuit !

—Il faudrait quand même, à l'occasion qu'on en fasse un à nous…enfin, à nous deux… et ensemble.

Je ris, ça me fait mal aux côtes.

—J'ai perdu l'usage de mes jambes, qu'est ce qui va advenir ?

—Violette te voit déjà aux prochains jeux paralympiques. Moi, je t'imagine plus en Rockstar, et tu jouerais de la guitare en chantant sur un fauteuil hyper sonorisé. Tu imagines la scène ?

Je ris, *aïe me côtes*.

—En fait, je crois que j'ai des choses à raconter ? J'ai sûrement un livre à écrire ! Enfin je crois.

Elle s'allonge près de moi, comme le lit est tout petit elle passe une jambe au-dessus de mon corps, m'embrasse de nouveau, encore plus intensément, se redresse, me sourit, encore et toujours, puis murmure à mon oreille

—En ce qui concerne notre futur troisième enfant…

—Je ne sais pas si tout fonctionne encore, murmuré-je dans un sourire peiné.

Elle éclate de rire,

—Si j'en crois ce que je sens contre ma cuisse, j'ai la certitude que si !

Je la rejoins dans son hilarité.

On frappe alors à la porte, elle s'ouvre et une infirmière nous informe que deux personnes aimeraient nous voir.

Le rire laisse la place à un immense sourire et de l'eau de bonheur emplit mes yeux.

Violette tenant Thibaud dans ses bras pénètre dans la chambre et me regarde intensément, avec son si joli sourire en biais.

Elle pleure aussi.

Ses premiers mots ne sont pas pour moi mais pour le petit bonhomme qu'elle tient dans ses bras.

—Mon Titi, c'est l'heure d'aller faire un gros câlin à notre Papa !

REMERCIEMENTS

En tout premier lieu, je souhaite remercier tous les membres de notre éminent Cercle d'Ecriture. Merci de m'avoir donné l'envie, par votre écoute, votre bienveillance de reprendre mes stylos, mes cahiers, mon clavier.

C'est grâce à mes petits textes que j'ai retrouvé l'envie d'écrire de vraies histoires, aussi inventées soient elles.

Merci Roseline, d'une simple phrase, tu as dénoué tous les nœuds que je me plaisais à renforcer depuis de années : « Vous devriez écrire sur le reflet du soleil dans vos cheveux, on dirait les toits de Paris ! ». Mais qui dit ça ?

Merci à mon entourage de n'avoir jamais douté de ma capacité à mener ce projet jusqu'au bout, mais aussi de m'avoir accompagné et encouragé quand survenaient les moments de doutes et les temps de panne.

Merci à ma Lou pour la fin de l'histoire !

Merci aux écrivains qui ont nourri mon existence, et qui, même sans le savoir, m'ont fait comprendre qu'il n'y a pas de grande et de petite littérature, mais qu'il y a des histoires, des lieux, des existences, des destins, des bonheurs et des moments pas drôles à raconter. Je n'en citerai aucun tant j'en aime tellement.

Merci à mes « bêta-lectrices » pour leur bienveillance, pour leurs retours et pour m'avoir aidé à déceler certaines erreurs et oublis.

Et merci à vous, éventuels lecteurs de ma petite histoire, vous qui venez de lire ces remerciements ! Il semblerait que cela signifie que vous êtes allés au bout de ce roman.

Et je vous en sais gré.

Pour retrouver la playlist de ce roman sur Spotify, scannez ce QR Code.

Je vous entends, vous savez ?